chester
ェスター
Clarence
クラレンス

Elvis Barnet
エルヴィス・バーネット
Giselle Hartfield
ジゼル・ハートフィールド
Clyde Lan
クライド・ラン

Illustration❖TCB

「大好き」
そう言って微笑めば、
不意に握っていた手をきつく握り返され、
ぐいと引き寄せられた。
エルの胸元にぽすりと顔を埋める形になり、
大好きな匂いと体温に包まれる。

家から逃げ出したい私が、うっかり憧れの大魔法使い様を買ってしまったら
1
著❖琴子
イラスト❖TCB

CONTENTS

第一章

プロローグ

「約束通り、迎えに来てやったぞ。お姫様」

　わたしの大好きな絵本のセリフに似た言葉を、ひどく意地悪な笑みを浮かべ、彼は言ってのけた。くだらないだとか、子供くさいだとか言ってバカにしながらも、結局しっかり読んでいたらしい。

　そしてそれを今、この状況で言うなんて反則だ。嬉しさと愛しさでじわりと涙が滲み、視界がぼやけていく。

「……おそい、よ」

「そこはお待ちしてました、だろ」

　今やわたしよりも頭ひとつぶん背の高い彼は、再び絵本の中のセリフを口にすると、子供みたいに笑った。

　透き通った蒼い瞳を柔らかく細める姿は、泣きたいくらいに綺麗だった。腰まである絹のような銀髪が時折風に揺れ、人間離れした彼の美しさを引き立てていて。

まるで神様みたいだとすら、思ってしまう。

ぽろぽろと涙が溢れ出したわたしに、「本当、まだまだガキだな」なんて言った彼は、ぶっきらぼうな言葉とは裏腹に、ひどく優しい手つきで涙を拭ってくれた。

「遅くなって、悪かった」

初めて会った頃には想像もつかなかった、その優しい表情と声色に、わたしは余計に涙が止まらない。謝ることだって、何よりも苦手で嫌いだったくせに。

「っエル、無事で、よかった。会いたかった」

「知ってる」

素直な気持ちを告げれば、いつの間にかきつくきつく抱きしめられていて。懐かしい体温と匂いに、また涙が出る。


「……俺もずっと、会いたかった」

そして、ひどく優しい声でそう呟いた彼さえ側に居てくれれば、わたしにはもう、怖いものなんてない気がした。

出会いと呼ぶにはお粗末な

「お前さあ、バッカじゃねえの？」

「…………？」

突然、そんなとんでもない言葉が聞こえてきて、戸惑ったわたしはつい辺りを見回す。けれどこの部屋に居るのはやはり、わたしと目の前の美少年の二人だけで。

呆然とするわたしを鼻で笑うと、彼は続けた。

「俺が今すぐお前を殺してここにある金目のものを盗んで、このまま逃げるとか考えないわけ？　あんな大金払って」

「ころ……？」

「さっすが金持ち貴族のお嬢様だな。頭の中はお花畑かよ」

目の前の少年はどかりとソファに背を預けると、身長の割に長い足を組み、肘をついた。

なぜ彼は、こんなにも偉そうなのだろうか。あまりのことに驚きすぎているわたしは、言葉に詰まってしまう。

——わたしは今、出会って数時間の、それも大金を叩《はた》いて買った美少年によって罵《ののし》られていた。

さっぱり訳がわからない。

一体、どうしてこんなことになってしまったのか。

そもそもの原因は二日前に遡《さかのぼ》る。

◇◇◇

わたし、ジゼルは十二歳の時にハートフィールド伯爵家に引き取られた。

平民であり踊り子だった母は絶世の美女と呼ばれていて、そんな母に一目惚れしたハートフィールド伯爵が必死に口説き、その結果出来たのがわたしだった。

けれどわたしが生まれてからというもの、伯爵は姿を現すことがなくなり、母は一人で必死にわたしを育ててくれた。本当に、薄情で最低な男だと思う。

そんな母も流行病であっという間に死んでしまい、一人残されたわたしは貧民街で暮らし始めたけれど。

その数日後、伯爵は突然わたしの目の前に現れ、養子として引き取ると言い出したのだ。

「気持ち悪い、平民の売女《ばいた》の血が流れているなんて」

義母からは毎日のようにそんな言葉を浴びせられ、妹には冷たい視線を向けられる日々。些細な嫌がらせは後を絶たない。驚くほどに、わたしは歓迎されていなかった。

かと言って、父もわたしと進んで会話をしようともしなければ、助け舟を出してくれることもない。

なぜ、わたしはこの家に引き取られたのだろう。そう思いながら二年が経った、二日前の晩のことだった。


「ああ、本当にあの子の顔を見るだけで吐き気がするわ」

「仕方ないだろう、サマンサがロドニー様に嫁ぐよりはマシだ。あの子が居なくなれば困る」

「……確かにそうだけれど」

なかなか寝付けず、何か飲もうとキッチンへと向かう途中で、お父様の書斎から聞こえてきたのはそんな会話で。

そして、ようやく全てに納得がいった。

何故音信不通だった父が、今更になってわたしを突然引き取ったのか。何故あんなにもプライドが高くわたしを毛嫌いしている義母が、引き取ることを許したのか。

義母と妹は毎日のように嫌がらせをしながらも、どうして絶対にわたしを追い出そうとはしなかったのか。

――全て、妹の身代わりにするためだったのだ。

ロドニー様には、数回会ったことがある。確かわたしよりも四十は歳上の大金持ちの侯爵で、いつもじっとこっちを見ては「フヒヒィ」「可愛いネェ、順調に美味しそうに育っているネェ」などと言っていて、気持ちが悪いと思っていた。

どうやらわたしは、このままだとあの侯爵に嫁がされてしまうらしい。冷や汗が止まらない。

「あの子の十八歳の誕生日まで、あとたった四年なんだ。我慢しなさい。とにかく、身体《からだ》に傷は付けるなよ」

「はあ、わかったわ」

やがて足音がこちらへ近づいてくることに気が付いたわたしは、慌ててその場を離れると、キッチンには向かわずにそのまま自室へと戻りベッドに潜り込んだ。

「…………ど、どうしよう」

宝物であるボロボロの『やさしい大魔法使い』という絵本をぎゅっと抱きしめながら、わたしは一人、必死に頭を回転させていた。

たった数日だけだったけれど、貧民街での生活は本当に本当に辛いもので。美味しい食事と暖かく柔らかいベッドがあるだけで、義母や妹からの多少の嫌がらせや悪口なんて、いくらでも耐えられると思っていたけれど。

流石《さすが》にあの侯爵だけは無理だ。死んだ方がマシだけれど、やっぱり死にたくもない。どうにかしなければ。

かと言って、母方の親戚など知らないわたしがここを出ても、行く場所などなかった。まともに仕事をしたことがない子供を雇ってくれる場所だって、もちろんないだろう。

……そして朝まで悩みに悩んだわたしは、決めたのだ。

あの変態侯爵に嫁がされる十八歳の誕生日までに、必死に出来る限りの準備をして、この家から逃げ出すことを。

◇◇◇

「……とは言っても、何からすればいいのかな」

翌日、ふとした時にあの侯爵の顔を思い出してしまい、食欲も湧かず珍しく朝食を残してしまったわたしは、ソファにぼふりと腰掛けた。側にいたメイドのルビーは、そんなわたしを心配そうな顔で見つめている。

ちなみに普段から食事も全て、自室で一人でとっている。身代わりであるわたしに何かあっては困るせいか、美味しいものがしっかりと出てくるし、嫌味を言われながら食べるよりも部屋で一人で食べる方が何百倍もマシだった。

　そして彼女、ルビーはわたしがハートフィールド家に来てからずっと側にいてくれていて、この家の中で唯一信用できる人物だ。

　わたしは彼女になら話してもいいだろうと思い、昨晩聞いたばかりの話を伝えてみる。するとルビーはその名の通り大きな赤い瞳を、驚いたように見開いた。

「実は私も、なぜ旦那様がジゼルお嬢様を急に引き取られたのかと、不思議に思っていたんです。けれどまさか、そんな恐ろしいことを考えていたなんて……」

　彼女曰く、メイド仲間の噂によると伯爵夫妻は一時期賭博にのめり込んでおり、かなりの借金を抱えたという。そしてそんな伯爵家を救ったのが、ロドニー様なんだとか。

　つまり伯爵夫妻は借金の返済の代わりに、娘を差し出すことにしたのだろう。人でなしにも程がある。

「今後、どうされるおつもりなんですか？」

「とにかく、十八歳の誕生日を迎える前にこの家から逃げ出すつもり。今のところ味方はルビーしかいないけれど、頼れる男性も一人くらいは居ないと困るよね……」

　十八歳になってしまえば、その後の生活については少し考えがある。けれど女性一人では、危険なことも多々あるだろう。だからこそ、信頼出来る男性も欲しい。

　そうして必死にどうしようかと考えていると、紅茶を煎れてくれていたルビーが口を開いた。

「男手が必要なら、奴隷を買っては如何《いかが》ですか？」

「……どれい？」

「はい。この家の使用人達は正直、信用なりません。だからこそ、外から味方を探してくるのです。安いものも沢山いますから、お嬢様のお手持ちで買える男もいるかと」

そんなことをさらりと、ルビーは言ってのけた。

それにしても奴隷だなんて発想、わたしにはなかった。奴隷市場の存在は知っていたけれど、まさか自分がそこで人間を買うなんて想像したことすらなかったのだ。

彼女の言う通り、父によって雇われているこの家の使用人は基本的に信用ならない。正直、奴隷を買うことに抵抗はあるけれど、手段は選んでいられなかった。わたしのこの先の人生全てが懸かっているのだ。

そして買うのなら、間違いなく早いほうがいいだろう。信頼関係を築くことは大切なはず。

「決めた、午後から奴隷市場に行くことにする！」

「はい、かしこまりました」

「そしてムキムキの男性を一人買うわ」

「ムキムキ、ですか。良いと思います」

わたしに何の興味もない伯爵夫妻のことだ、ルビーの知人を護衛として雇ったと言い、賃金はお爺様に頂いたお金で何とかすると伝えれば、文句を言われることもないだろう。ちなみに年に数回だけ会えるお爺様は、わたしにも優しい。

そしてわたしは、午後に向けて準備を始めたのだった。

◇◇◇

「お嬢様、もう出発してもよろしいですか？」

「あ、ちょっと待って」

わたしはそう言うと、慌ててクローゼットの奥に仕舞っていた小汚い像を取り出した。気持ちの悪い、猿のような顔をしたなんとも悪趣味な像である。

この家に来た当初、こっそり飼っていた小鳥のピヨちゃんが死んでしまい、庭に埋めようと地面を掘り起こしていた際に出てきたものだ。この像がもしも売れたら、奴隷を買うときの足しにしようと思う。

やけに重たい像をルビーの持つカバンに入れると、近くの雑貨店に行くと他の使用人に告げ、わたし達は出発したのだった。


「よ、四百万バレル……!?」

「はい。素晴らしいお品物ですね」

早速変な像を売りに来たわたしは、告げられた買取金額に冷や汗が止まらなかった。なんと店主がコツンとハンマーで像を叩くと、中から金色の像が出てきたのだ。あの重さにも納得した。

四百万バレルなんて、その辺の貴族が数ヶ月遊んで暮らせるほどの大金だ。ピヨちゃんには感謝してもしきれない。

わたしは恐る恐る多すぎる現金を受け取るとしっかりとカバンに入れ、ルビーに託した。こんな大金を持ったことがないせいか、心臓がバクバクと早鐘を打っている。

その後、ルビーに案内され奴隷市場に着いたわたしは、早速店主のオススメの青年を見せてもらうことにした。

「…………」

案内されながら、きょろきょろと周りを見回してみる。なんとも言えない、異様な雰囲気だった。正直二度と来たくない場所トップスリーにランクインしそうだ。

「さてお嬢様、彼なんてどうですか？」

「た、確かにたくましい……」

店主に薦められた男性は、十八、九歳といったところだろうか。作戦の決行は四年後だから、年齢的にも丁度いい。筋肉質だし、とても強そうだ。さわやかで顔も悪くない。

そして彼にしようと決めた後、何気なくその奥へと視線を向けたわたしは思わず息を呑んだ。

信じられないくらいの美少年が、そこにいたからだ。

何ひとつ無駄のない、完成された美がそこにあった。そんな彼は透き通るようなアイスブルーの瞳で、じっとわたしを見つめている。少しだけ長めの柔らかな銀髪は、整いすぎた顔によく似合っていて、まるで天使のよう。

こんなにも綺麗な人を、わたしは生まれて初めて見た。

そして彼はわたしが見つめ返したことに気が付くと、少しだけ首を傾げ、切なげに微笑んで。

その唇が「たすけて」と動いた瞬間、わたしは思わずこくりと頷いてしまっていた。

「いや〜、流石はお嬢様！　お目が高い！」

そんな店主の猫なで声によって、はっと我に返る。どうやらわたしと彼のやり取りを、しっかりと見ていたらしい。

「あの子ほどの美しい子は、滅多に手に入りませんよ。すこーしだけ、お値段が張りますが」

「いくらなの？」

「三百八十万バレルでございます」

全然、すこーしなんかではない。とは言え、そんなとんでもない値段でも今のわたしには買えてしまうから困る。

ついあの少年を買うような流れになってしまったものの、どう見てもわたしよりも歳下にしか見えないのだ。逃げ出す際に助けになるどころか、お荷物になる可能性すらある。

やはりここは先程のお兄さんにした方が賢明だろうと思っていると、「ありがとう」とでも言いたげに、キラキラと瞳を輝かせた美少年と目が合ってしまう。

そんな様子を見てしまっては、今更やっぱり他の人にするからごめんね、なんて言えるはずもなく。

「……あの子を、連れて帰ることにする」

「お買い上げ、ありがとうございま～す！」

ひどく浮かれる店主とは裏腹に、わたしは内心頭を抱えていた。そもそも、人を買ったという感覚も落ち着かない。

そんなわたしをルビーは心配そうに覗き込み、「お嬢様、ムキムキはどうされたんです……？」と尋ねてくる。普通の青年ならば買えるお金はまだあるけれど、何人も一度に連れ帰っては流石に怪しまれるに違いない。

また今度にするとルビーに伝え、わたしは代金の支払いをするよう頼んだのだった。

◇◇◇

「お嬢様、お待たせしました」

自室のソファで休むわたしの下へ、小一時間程してルビーが連れてきたのは、先程よりも輝きが増した少年だった。

伯爵家に戻ってきたわたしは、エルヴィスと名乗った少年を風呂に入れ、綺麗な服に着替えさせるよう頼んだのだ。

伯爵には、ルビーの知人の子供を雇うという無理がありすぎる理由を伝えたけれど、「勝手にしなさい。給金は出さないから自身でなんとかするように」「変な間違いだけは起こすなよ」と言われただけだった。興味がないにも程がある。

「自分で洗うと言って聞かなかったのでやらせたのですが、しっかり綺麗になったようです」

「ありがとう」

まだ子供とはいえ、彼も男の子なのだ。女性に身体を洗われるのはやはり恥ずかしいに違いない。

温かいお茶を用意した後、彼と二人きりにするよう言うと、ルビーは少しだけ躊躇《ためら》う様子を見せた。けれど流石に、子供相手だから大丈夫だと判断したのだろう。

部屋の前で待機しているから、何かあったらすぐに呼ぶよう言うと彼女は出て行った。

わたしはエルヴィスを隣に座らせるとお茶を飲むよう勧めたけれど、彼は一向に手を付けようとしない。ただひたすらじっと、探るような瞳でわたしを見つめ続けている。

こうして近くで見ていると、より彼の美しさを実感する。品のある整った顔立ちは、まるで人形のようだった。

「改めて、わたしはジゼルっていうの。よろしくね」

「……ジゼル」

「うん。エルって呼んでもいい？」

こくりと頷いた彼は、もう一度わたしの名前をぽつりと呟くと、小さな手のひらをそっと首元の首輪に添わせた。

この真っ赤な首輪は奴隷の証であり、主人がいつでも苦痛を与えることができる魔法がかかっている。そして彼の主人は今、わたしに設定されているのだけれど。

「……それ、気になるよね」

そう声を掛ければ、彼は再びこくりと頷いた。そんなものを着けていれば、落ち着かないに決まっている。

子供の細い首には不釣り合いな、痛々しい首輪を見ているだけで胸が痛む。やがてわたしは首輪にそっと触れ、「契約解除」と唱えた。

それと同時に首輪は赤く光り、カシャンという軽い音を立てて外れ壊れた。主人に設定された人間が触れ、そう唱えることで解除される仕組みなのだという。無事に外れ、ほっと安堵する。

エルは信じられない、といった表情で床に落ちた首輪と、わたしの顔を見比べている。

「なんで、」

「そんなものを着けていたら、落ち着かないでしょ？」

そう言って、笑顔を向けた時だった。

「お前さあ、バッカじゃねえの？」

「………？」

突然、そんなとんでもない言葉が聞こえてきて、戸惑ったわたしはつい辺りを見回す。けれどこの部屋に居るのはやはり、わたしと目の前の美少年の二人だけで。

呆然とするわたしを鼻で笑うと、彼は続けた。

「俺が今すぐお前を殺してここにある金目のものを盗んで、このまま逃げるとか考えないわけ？あんな大金払って」

「ころ……？」

「さっすが金持ち貴族のお嬢様だな。頭の中はお花畑かよ」

目の前の少年はどかりとソファに背を預けると、身長の割に長い足を組み、肘をついた。

何故彼は、こんなにも偉そうなのだろうか。あまりのことに驚きすぎているわたしは、言葉に詰まってしまう。

戸惑うわたしに、彼は尚も続けた。

「お前、誰よりもチョロそうだったもんな。ここまで上手くいくとは思わなかったけど」

「ちょろ……」

「まあとにかく、変態ババアなんかに買われずに済んで助かった。流石に死ぬところだった」

最近の子供というのは、こんなにも口が悪いのだろうか。

けれど彼だって、好きであんな場所にいた訳ではない。子供のうちから奴隷として心身共に辛い日々を送り、こんなにもスレてしまったのかもしれない。

もしかすると、この口の悪さも彼の自己防衛のひとつなのかもしれないと思うと、胸がひどく痛んだ。

貧民街の子供が攫《さら》われ、奴隷として売り飛ばされるのは珍しい事ではない。わたしだって、一歩間違えればあそこに商品として並べられていたかもしれないのだ。

とは言え、今もこんなお嬢様の姿をしていたって、結局はお金の代わりに売り飛ばされようとしているのだけれど。

だからこそ、もしも彼に家族や帰る場所があるのならば、わたしの分まで自由になって欲しいと思ってしまう。

「……うん、わかった。お家に帰っても大丈夫だよ。実はお金はもうあんまりないんだけど、なるべく持たせるから」

「は？」

そう言って彼の頭をそっと撫でれば、エルは信じられないものを見るような目で、わたしを見ていて。

しばらくの沈黙の後、彼は「お前の頭の中は、砂糖菓子でも詰まってんのか……？」と呟いた。

わたしはソファから立ち上がり、先程の残ったお金を布袋に入れると、呆然としているエルに

「はい」と手渡した。

彼は信じられないといった表情で、わたしと布袋を見比べている。自分でも、おかしな言動をしている自覚はあった。

頭の中がお花畑だとか砂糖菓子だとか言われても、当然だと思う。わたしですら彼の立場だったなら、何か裏があるのではないかと疑うに違いない。

「……わたしね、魔法が大好きなんだ。だから大好きな魔法で誰かを無理やり縛るなんて、やっぱり嫌だと思って。奴隷市場まで行ってエルを買って来たくせに、変だよね」

「…………魔法が、大好き？」

「うん」

何故か彼はわたしの「魔法が大好き」という言葉に対し、ひどく驚いた表情を浮かべている。

……今、彼一人を自由にしたところで、奴隷制度は無くならない。だからこそ、こんなことはただの偽善でしかない。そうわかっていても、彼にあの首輪を着けたまま一緒に過ごすなんて、やっぱりわたしには出来なかった。

そもそも、彼を買ったお金だって偶然手に入れたものだ。天国のピヨちゃんもきっと、わかってくれるだろう。

それにわたしには、まだ時間がある。ムキムキの青年は諦めて、別の方法で味方を探せばいい。

そう決めた時だった。

「……いい」

エルはそう言って、布袋を突き返してきたのだ。

「どうせ行く当てもないし、こんな姿じゃまた攫われて売られる可能性もある。お人好し花畑お嬢様のところにいた方がまだ安全そうだ、しばらくはここにいてやってもいい」

やはり上から目線だし偉そうだし、失礼だけれど。わたしは「そっか、これからよろしくね」と微笑んだ。

そして彼にも帰る場所がないことに、胸が痛む。この子もきっと、一人ぼっちなのだろう。

「そもそもお前、なんで奴隷市場なんかに来た？」

「……誰にも言わない？」

「誰に言うんだよ」

わたしは自身の過去や前日に聞いた話、十八歳の誕生日までに逃げ出したいということを全て話すことにした。

「……ふーん。お前、ただの温室育ちじゃなかったんだな。服も部屋の中も貧乏臭いし、変だとは思った」

この少年、なかなか痛い所を突いてくる。

わたしの服は、社交の場に出る時や外出用の最低限のドレス以外は基本、平民が着るような質素なものばかりだ。この部屋の中の家具も、貴族令嬢とは思えないものが並んでいる。

とは言え、元々平民で貧乏生活をしていたわたしは全く気にもならないどころか、十分だとさえ思っていた。

「そうだ。お前、ついでに俺の呪いを解くのにも協力しろ」

「の、呪い……？」

「ああ。こんなもの、呪いでしかない」

なんと彼は、家族もおらず攫われて売り飛ばされた上、呪いまでかけられているらしい。

……正直わたしは今の今まで、自分のことを割と不幸だと思っていた。けれど上には上がいたことを知り、そんな自分が恥ずかしくなる。

エルの口や態度の悪さなんて気にならなくなるくらい、わたしは彼が可哀想で仕方なくなっていた。

「方法は知ってるの？」

「何も知らん。でもお前は魔法使いだろ？　他の人間よりも少しは役に立ちそうだ」

「えっ」

どうして、それを。誰にも言ったことがなかったのにと、わたしは驚きを隠せない。

……ちなみにこの国で魔法を使えるのは、人口の二割程度だ。身分に関係なく、魔法使いは生まれてくる。

だからこそ、魔法を使えない方が普通なのだ。こうして言い当てられたことが、不思議で仕方なかった。

「ど、どうしてわかるの？　だってそういうのは、神殿とかにいる本当に偉い人にしか見えないって」

「俺の眼は特別なんだ。これだけは無事だった」

　無事だった、とは一体どういう意味なのだろう。先程言っていた、呪いとやらが関係しているのだろうか。

「……あーあ、それにしてもなんで——の俺が、こんなクソガキの世話にならなきゃならないんだよ。あんのクソババア、次に会ったら絶対に許さねえ」

「…………？」

　なんだろう、今のは。彼の言葉の一部分が、不自然にもやがかかったように聞こえなかった。もしやこれも、彼の言う呪いなのだろうか。

　そしてさらりとクソガキなんて呼ばれたけれど、間違いなくわたしは彼よりも歳上だ。

「ねえ、エルはいくつなの？」

「いくつに見える」

「ええと、十歳くらい」

「じゃあそれで」

　年齢とは、そうして決めるものだっただろうか。

「……ていうかお前、魔力量、おかしくないか？」

「えっ？」

「こんな馬鹿みたいなやつ、神殿にだってそうそういない」

「そ、そうなの……？」

自身の魔力量のことなど知らなかったわたしはやはり、驚きを隠せない。もしやわたしには何かしらの才能があって、立派な魔法使いになれてしまったりするのだろうか。

そして彼は何故、神殿のことまで知っているのだろう。

「十二歳の誕生日に、神殿で見て貰っていないのか」

「お前なんぞが魔法を使えるわけがないだろう、って言われて、連れて行ってすらもらえなかった」

魔法使いは十二歳になると魔法が使えるようになる。

けれど全員がすぐに魔法を使えるようになる訳ではなく、その力が眠ったままのこともあって。だからこそ皆、神殿で見て貰い、人によっては力の解放までして貰うのだ。

ちなみにわたしはある日、部屋で一人絵本に出てくる魔法使いの真似をしてみたら、うっかり魔法が使えてしまい、自身が魔法使いだということを知った。

ちなみに昨年、ひとつ歳下の妹であるサマンサは神殿で見てもらい、魔法が使えることがわかっている。

義母を筆頭に「サマンサは素晴らしい、お前なんかとは違う」と言われ続け、そんな中で実はわたしも……なんて言い出しては面倒なことになると思い、ずっと黙っていたのだ。

「へえ、かわいそ」

そう言ってわたしを鼻で笑う彼は、根本から性格がひねくれてしまっているようだった。ここまでのレベルになるくらいだ、わたしが想像している以上に、エルは今まで酷い目にあってきたに違いない。

犬や猫を拾ってきたわけではないのだ、彼をこうして連れ帰ってきた以上、わたしには責任がある。

これからは少し歳上のわたしが、エルをなんとかしてあげなければと、気合を入れたのだった。

足りないものを、埋めていく

翌日から、エルは執事見習いとして働くことになった。

とは言え彼はまだ子供なうえに、伯爵家から給金が出ているわけではないため、形だけだ。日に数時間だけ執事長に仕事を教わった後は、わたしの部屋でひたすら寝転がり、だらけている。本当にこれでいいのだろうか。

その中で驚いたのは、彼はわたし以外の人間の前では、信じられないくらいに良い子だったことだ。まるで大人のような口ぶりで話し、どんなことでもさらっとこなしてしまう。

とても十歳とは思えないと、執事長であるダニーは彼のことをべた褒めしていた。そもそも彼が本当に十歳なのかも、怪しいところなのだけれど。

正直あの態度だ、働くことももちろん嫌がると思っていた。それでも彼はこの家にいる以上、仕方がないことだと理解しているようで、大人しく働いていてくれていてひどく安心した。

しかし今度は、別の問題が発生していた。妹のサマンサがエルを一目見た瞬間、彼が欲しいと言い出したのだ。

確かに彼は、どんな宝石よりも綺麗で。綺麗なものが何よりも大好きな彼女が、彼を気に入ることなんて少し考えればわかることだったというのに。

お姉様だけずるいと駄々をこねる彼女に、伯爵夫妻も困っている様子だった。

いつもならばすぐにサマンサに譲ってやりなさいと言われていただろうけど、流石に可愛い娘に身元のわからない異性の子供を近づけるのは嫌なのだろう。

「サマンサ、欲しいものなら何でも買ってあげるから」

「いやよ、エルヴィスしか欲しくない！」

義母とサマンサの、そんなやりとりが聞こえてくることも少なくない。彼女に何でも買ってあげるお金があるのなら、とりあえずロドニー様を何とかして欲しい。

エルはそんなサマンサを上手くかわしているらしく、気にはしていないようで安堵したけれど。

彼女はその分のストレスをわたしにぶつけ始め、クローゼットの中の服をズタズタにしたり、すれ違い様に突き飛ばしたりと、中々にやりたい放題だった。服は先日余ったお金で買えばいいとしても、痛い思いはあまりしたくはない。

しばらく彼を諦めそうにないサマンサの様子を見ては、わたしは重たい溜め息を吐くのだった。

◇◇◇

そんなエルがハートフィールド伯爵家に来て、数日が経ったある日のことだった。

ルビーと共に今後の作戦会議をしながらのんびりと庭を散歩していると、丁度仕事を終えたらしいエルがこちらへと向かって歩いてくるのが見えた。

「エル、お疲れ様」

「ん」

遠くから声を掛ければ、そんな返事が戻ってくる。

やがて彼とすれ違うというタイミングで、わたしはずるりと足を滑らせバランスを崩してしまった。前日に雨が降ったせいか、まだ少しぬかるんでいる場所があったのだろう。

けれどちょうど身体が倒れていく先にエルがいて、安心したのも束《つか》の間。彼はそんなわたしをすい、と避《よ》けて。

その結果、わたしは泥の上に思い切り倒れ込んだ。

「お嬢様……！　大丈夫ですか！」

「う、うん。大丈夫、だけど……」

慌ててルビーが抱き起こしてくれて、わたしはよろよろと立ち上がる。髪まで泥がべったりとついていたものの、シャワーを浴びて着替えればいいだけだ。

けれど、それよりも気になることがあった。

「……ねえ、エル。なんで避けたの？」

「むしろ、何で俺が抱きとめなきゃいけないんだ？」

「えっ？」

「すっ転んだお前が悪いだろ。泥だらけになるのも汚れた服を洗うのも俺じゃないし、俺は何も困らない」

そんなことを、彼はさも当たり前のように言ってのけた。

確かに、わたしが悪い。わたしが勝手に躓《つまず》いて、転んだだけ。けれど彼がほんの少し手を差し伸べてくれれば、防げたはずだ。とは言え、避けたこと自体が問題なのではない。

彼は本気で自身のためにならないことなど、何ひとつする必要がないと思っているようで。それがひどく心配だった。

……彼には、何か大切なものが欠けている気がする。

そしてそれは、間違いなく一朝一夕でどうにかなる問題ではないだろう。そんなことを考えながら、何食わぬ顔でわたしの横を通り過ぎ歩いていくエルの背中を見つめる。

ルビーは良い子の姿の彼しか見たことがなかったらしく、驚きつつ、かなり怒っている様子だったけれど。わたしは大丈夫だからと言い、風呂の準備を頼んだのだった。

泥を洗い流し着替えて部屋へと戻ってくると、自室にはエルの姿があった。彼はどうやら本棚を眺めているらしい。

屋敷内に部屋は余っていて、かなり狭いとはいえ彼専用の部屋があるものの、エルは何故かわたしの部屋にいることが多かった。本当に彼は、よくわからない。

……これから、どうやって彼を良い方向に変えていけばいいのだろうか。思っていた以上に状況が深刻なことに気づいたわたしは、頭を悩ませていたのだけれど。

「うわ、この気持ち悪い本、まだあったのかよ」

そんな中、彼が手に取ったのはわたしの宝物である『やさしい大魔法使い』というボロボロの絵本だった。

それに対し気持ち悪い本とは、失礼が過ぎる。

「よくもまあ、こんな百年も前の本を持ってたな」

「エル、この絵本を読んだことがあるの？　亡くなったお母さんがくれた大好きな本で、わたしの宝物なんだ」

この絵本は、やさしい大魔法使いがたくさんの人を救い幸せにするお話で。中でも、大魔法使いが辛い目にあっているお姫様を迎えに行くシーンが、わたしは大好きだった。

辛い時には何度も読み返し、時には自身を登場人物に置き換えて、想像してみたりもした。わたしの一番の支えだ。

「……知ってるも何も、」

「えっ？」

「なんでもない。こんなもの、読んだこともない。つーかお前、もう絵本なんて歳じゃないだろ。くだらない」

　エルは深い溜め息を吐き、本を本棚に戻して。そのままわたしのベッドにぼふりと倒れ込んだ。

　けれど初めてこの絵本を知っている人に出会ったわたしは、つい嬉しくなってしまう。

「ねえねえ、大魔法使い様は長生きだって聞くけれど、この絵本に出てくる方は今もどこかにいるのかな」

「……生きてる」

「本当？　それなら何歳なんだろう」

「百五十は超えてるだろうな」

「なんでそんなに詳しいの？　もしかしてファン……？」

「気持ち悪いことを言うな」

　エルはごろりと寝返りを打ち、わたしを睨んだ。

「あんなもの、イメージアップのために捏造《ねつぞう》された嘘だらけのものなんだよ。同じなのは見た目くらいだろ」

「なんでそんなことがわかるの？」

「何でもだ」

　やけに断定して言うエルが、不思議で仕方ない。かと言って、嘘をついているような様子もなかった。

「そもそも大魔法使いっていうのは、その辺の奴らを魔法で幸せにするためにいるわけじゃない」

「…………？」

そんな彼の言葉が、やけにひっかかる。大魔法使いは、常に一人だけ存在するということはわたしも知っていた。

けれど何のためにいるのかまでは、わたしは知らない。

「……そもそも、普通女ってのは魔法使いよりも王子なんかに憧れるものだろ」

「そうかな？　わたしは、大魔法使い様がいい」

「変な奴」

エルはやっぱり、そんなわたしを鼻で笑う。

「大魔法使い様ってどんな方なんだろうね」

「お前が思っているような奴じゃないのは、確かだろうな」

「そうなの？」

「幻滅したか？」

「ううん」

気にはなるけれど、大魔法使い様がどんな方でもいい。その存在に、わたしが何度も救われてきた事実は変わらない。

「この世界のどこかに居てくれるだけで、すごく嬉しい」

「……何だよ、それ。ほんと、変な奴」

エルはそう呟くと「昼寝する」と布団を被り、それからしばらく、そこから出てくることはなかった。

◇◇◇

エルが伯爵家に来てから二週間が経った、ある日。

「わたしは来年、絶対に魔法学園に入学します」

「へえ」

そんなわたしの宣言を、ソファに寝転がっているエルは興味なさそうに右から左に聞き流し、クッキーを齧《かじ》っている。

「これ、もっとないのか」

「もうないよ。それ、高いし」

この国では十五歳になると魔法が使える者は皆、無償で魔法学園に通うことができるのだ。そして三年間魔法を学び卒業さえすれば、将来仕事に困ることはないと言われている。

だからこそわたしは、必ずや魔法学園を卒業しなければならない。そうすればこの家から逃げ出した後も仕事を見つけられるだろうし、なんとか暮らしていけるだろう。

とは言え、今はまだ七月。来年の四月まで、まだまだ時間はある。入学試験は年明けだ。試験とは言っても、魔法が使えるかどうかの簡単なチェックらしいけれど。

「エルも、魔法使いになれたらいいね」

「はっ」

彼はそんなわたしの発言を鼻で笑い飛ばすと、やがて最後のひとつを口に入れ、わたしを見た。

「あんな所に行かなくたって、最低限の魔法は使えるだろ」

「えっ、そうなの……？　わたしは全然使えないどころか、そもそも自分が何の属性かも知らないんだけど」

「火と光」

たまに手のひらからポワワンと謎の光が出るくらいで、使い方もわかっていないのだ。

だからこそ、魔法学園で一生懸命勉強し、立派な魔法使いを目指すつもりでいたのだけれど。

「えっ？」

「お前は火と光魔法使いだ」

エルは大きな欠伸《あくび》をしながら、そう呟いた。

「な、なんでわかるの？」

「見ればわかる」

そういや彼は以前、自身の眼は特別だと言っていた。だからと言って、本当に見ただけでわかるものなのだろうか。

　そもそも、属性をふたつ持っているなんてかなり珍しいと聞く。エルのことを疑うわけではないけれど、信じられない。

「そういやお前、その腕どうした？」

「あ、これは多分サマンサに突き飛ばされた時のかな」

　彼が指差したわたしの腕には、割と大きなあざがある。彼はじっとわたしの腕を見つめた後、口を開いた。

「……魔法の使い方、教えてやろうか」

「えっ？　だってエルの歳じゃ、」

「あのな、俺は誰よりも――だぞ。あー、……とにかく、魔法は使えないけど、お前ごときに教えるくらいはできる」

　突然そんなことを言い出したエルに、わたしは驚きを隠せない。そしてやっぱり、謎のもやがかる部分も気になる。

　けれど一番は、自身の得にならないことなど何ひとつしないと思っていた彼が、そんな提案をしてきたことが何よりも驚きだった。まさかもう変化が、と少し期待したのだけれど。

「そのかわり、このクッキーを沢山用意しろ。明日中」

「わ、わかった」

「交渉成立だな」

どうやら、ただクッキーを食べたかっただけらしい。

エルはそう言うと立ち上がり、何故かわたしの机の引き出しから小さなナイフを取り出してきた。

何故そこにあるのを知っているのかはさておき、何に使うのだろうか。

そもそも十二歳にもなっていない彼が、魔法の使い方を教えてくれるとは一体、どういうことなんだろう。

不思議に思いながら見ていると、エルは突然、ナイフで自身の細く白い腕をざっくりと切りつけた。結構な勢いで血が流れていき、わたしは慌てて彼に駆け寄る。

「っエル、なにして……！」

「声でかい、うるさい。ほら、始めるぞ」

彼はそう言うと動揺するわたしの右手を掴み、血が流れている彼の腕にかざす形にさせた。

「ほら、治癒魔法を使え」

「そ、そんなこと言ったって……」

こんなめちゃくちゃな指導の仕方があるだろうか。

「心臓から流れてくる魔力を感じながら、俺の腕が元どおりになるイメージをしろ」

「…………っ」

「魔力で傷口を包んで、編むような感覚で」

そんなことを言われたって、数分前に属性を知ったばかりのわたしに、いきなり出来るはずなんてない。習うより慣れろとはよく言うけれど、これは流石に無茶苦茶だ。

その上、たらたらと流れていく血を見ているだけで余計に集中できなくなる。

エルはそんなわたしをじっと見つめると、言った。

「お前なら出来る。この俺が保証する」

彼のその言葉には何故か、妙な説得力があって。

透き通るような青い瞳を見つめているうちに、不思議と少しずつ落ち着いていくのがわかる。

「……も、元通りになる、イメージ」

「そ」

小さく深呼吸したわたしは、先程エルに言われたことを思い出し、言われた通りにイメージしていく。

そうしているうちに彼の腕は柔らかな光に包まれていき、あっという間に傷は綺麗に塞がっていた。それを確認したわたしは、その場にへたり込む。

……本当に、魔法が使えてしまった。けれどそれよりも、無事にエルの傷を治せたことにひたすら安堵した。

「ほら、できたじゃん。おつかれ」

「…………」

「約束通り、クッキー用意しとけよ」

そう言って、再びソファに向かう彼の腕を掴む。

「……何だよ、なんか文句あんのか」

「ねえ、エル。お願いだからもう、自分を傷付けるようなことは絶対にしないで」

「は？　治ったんだからいいだろ」

「それでも、やめて。お願い」

そう言って彼のガラス玉のような碧眼を見つめる。エルは本当に訳がわからないといった表情で、わたしを見ていた。

「俺が怪我《けが》したところで、お前には関係ないだろ」

「あるよ。だってエルはもう、わたしの家族だもの。だからそんなことはして欲しくない」

「……家族？」

「うん」

「そんなもの、俺にはいないし、いらない」

彼はそう言うとわたしの手を振り払い、そのまま部屋を出て行ってしまったのだ。

◇◇◇

エルに魔法の使い方を教えてもらってからというもの、わたしは毎日自室で一人練習に励んでいる。

その結果、段々とコツを掴んできたことで、小さな怪我ならば完全に治せるようになっていた。

お蔭でサマンサのせいで出来たあざも、全て綺麗になっている。

治癒魔法を使える人間はとても少なく、かなり貴重なんだとか。きちんと学べば、仕事に困ることはなさそうだ。

けれどエルはなぜ、魔法を使える年齢でもないのに使い方やコツを知っているのだろう。それだけではない。彼は神殿や魔法使いについての知識もあるようだった。

その上、属性まで見えるような特別な眼を持っているなんて、彼には不思議が多すぎる。ちなみに火魔法は眠っている状態らしく、まだ起こす必要はないとエルは言っていた。よくわからないけれど、そうしようと思う。

……そしてあの日エルが言った『そんなもの、俺にはいないし、いらない』という言葉が、頭から離れない。

彼が過去に、家族に関してひどく辛い思いをしたことが想像出来る。今後は家族という言葉には気をつけつつ、謝ろうと思ったけれど。あの後改めて顔を合わせた彼は、こちらが拍子抜けしてしまう程いつも通りだった。

　そんなある日の、午後。

　庭の隅にあるピヨちゃんのお墓の周りに咲く花に水やりをしていると、エルがこちらへと歩いてくるのが見えた。

「エル？　どうかした？」

「お前の好きなケーキが焼けたって、厨房のおっさんが」

「わあ、ありがとう。エルも一緒に食べよう」

　わざわざ彼がこんなところまで呼びに来てくれるなんて珍しく、なんだか嬉しくなる。とは言え、わたしを待たずに歩き出した彼を慌てて追いかけようとした時だった。

　強い風が吹き、壁に立てかけてあった廃材がぐらりと傾いたのが見えて。そのすぐ先には、エルの小さな身体がある。

「っ危な、」

　考えるよりも先に身体が動き、慌ててエルの背中を突き飛ばした直後。自身の背中からみしり、という聞き慣れない音がした。それと同時に感じたこともない痛みが全身を駆け抜けていき、廃材と共に地面に倒れ込む。

　あまりの痛みに意識が遠のく瞬間、最後に見えたのは呆然とした表情でわたしを見つめる、エルの姿だった。

◇◇◇

「…………いっ、」

　ふと意識が戻った瞬間、刺すような痛みを感じ慌てて目を開ければ、視界に飛び込んできたのは見慣れた天井で。自室のベッドの上にいるのだと、すぐに理解した。

　そしてそのすぐ横の小さな椅子には、表情の読めないエルが静かに座っていて。顔が整いすぎているせいか本当に人形のように見えて、一瞬どきりとしてしまう。

「エル……？」

「ああ」

　ゆっくりと身体を起こせば、ずきずきと背中が痛んだ。

「ええと、今、何時？」

「夕方五時だ。お前、二日以上気絶してた」

「えっ」

　数時間くらいかと思いきや、まさかそんなにも時間が経っていたなんて。そんな大怪我だったのかと思ったけれど、エルに話を聞いたところ命に別状はないらしい。

流石の伯爵夫妻も医者を呼んでくれたようで、しっかりと手当てもされているようだった。

「なんで、助けた」

「…………？」

「そんな怪我をしてまで、今の俺に助ける価値なんてないだろ。今の俺は、何も持ってない。お前に何の得もない」

どうやらエルは本気で、そんなことを思っているらしい。

助ける価値、今の俺、という彼の言葉の意味はわたしにはよくわからない。けれど彼が自分のことをそう思っていること、そんな風にしか考えられないことが悲しかった。

「あんな一瞬の間に、そんなこと考える時間なんてないよ」

「…………」

「でもわたしはエルが痛い思いをするのも、危ない目に遭うのも嫌だから。何度でも、同じことをすると思う」

「……なんで、」

「わたしね、エルが可愛いの」

そう答えれば、彼は「は？」と間の抜けた声を漏らした。

……ルビーだって、わたしにとても良くしてくれているけれど、身分の差や立場がある以上、常に一線を引かれている感覚はある。仕方のないことだとも思う。

そんな中、エルだけはわたしに対して何の遠慮もなく接し、側にいてくれている。むしろ口も態度も悪く、遠慮がなさ過ぎるとは思う。それでも、母が亡くなってからずっと一人だったわたしにとって、その存在はとても心地よくて。

いつの間にか彼のお菓子を嬉しそうに食べる姿も、時折見せる無防備な寝顔も。何もかもが愛おしく思えていた。もしも弟がいたら、こんな感じなのかもしれない。

「わたしは、エルが側にいてくれるだけで嬉しい」

「…………」

「それだけで、怪我くらいする理由になるよ」

そう言い切れば、彼は戸惑うような表情を浮かべ「お前、やっぱり変だ」と呟いた。

「あ、それにわたし、だいぶ治癒魔法うまくなったんだよ」

痛む身体でなんとか背中に手をかざせば、包み込むような温かさと共に痛みが和らいでいく。治癒魔法、便利すぎる。

「……よし、これで大丈夫。エル、付き添ってくれてたんだよね？　本当にありがとう」

目が覚めて一人じゃなかったことも、嬉しかった。

そんなわたしに、エルは「勘違いするな」なんて言うと、そのまま部屋を出て行ってしまう。

大きな音をたてて閉まったドアを見つめながら、いつか彼にも大切な人が出来てこの気持ちを理解できる日が来ますようにと、願わずにはいられない。

けれど、翌日からエルに少しだけ変化が現れた。

彼はいつも独り占めしていたクッキーを一枚だけ、わたしにくれるようになった。

◇◇◇

一体どうして、こんなことに。


「ジゼル嬢は、心優しい方なんですね」

「いえ、そんなことは……」

「謙遜《けんそん》しないで。貴女ほど美しい方はいないと思っていましたが、内面まで美しいとは」

「あの本当に、汚いくらいでして……」

「はは、そのうえユーモアまである」

現在、眩《まぶ》し過ぎる笑みを浮かべたこの国の第三王子と向かい合っているわたしは、内心頭を抱えていた。

……今日、わたしは第三王子であるクライド様からの招待を受け、全く気が乗らない中、王城へとやってきていた。

クライド様と歳の近い、上位貴族の子息子女が集められたガーデンパーティーに参加するためだ。

基本的にわたしを社交の場に出したくない伯爵夫妻といえど、王族からの招待とあっては流石に参加させざるを得ないようだった。

「いい？　我が家の恥さらしのあんたは、端っこで大人しくしてなさいよ！」

「うん」

行先は同じだというのに、わたしとはわざわざ別の馬車に乗る直前サマンサはそう言った。

彼女はあちこちで、わたしのことを「元平民の売女の娘」などと触れ回っている。そのお蔭で既に浮いているわたしに話しかける令嬢などいないため、最初からそのつもりだ。そもそも、家の恥を晒しているのは果たしてどちらなのだろうか。

自分で言うのも何だけれど、とんでもない美人だった母のお蔭で、わたしも見た目は悪くないのだ。そのせいか、男性から話しかけられることは多々ある。

けれど普通の会話をしているだけでも、サマンサやその周りの令嬢達からは「男性ばかりと話す男好き」などと言われてしまう。もう全てが面倒なわたしは、誰とも関わらず美味しいものを沢山食べて帰ろうと思っていた。

やがてパーティーが始まり、適当に挨拶を済ませたわたしはケーキを摘むと、離れた場所で花を見て回っていた。

すると不意に、足元に何かが落ちていることに気が付き足を止める。よく見ると、それは小鳥だった。そっと抱き上げると、どうやら羽を痛めていて飛べなくなっているようで。

「……可哀想に、痛かったね」

わたしはきょろきょろと辺りを見回し、誰もいないことを確認すると、そっと小鳥に右手をかざし魔法をかける。人間以外に使うのは初めてだけれど、無事に治せてほっとした。

傷が癒えた小鳥は、あっという間にわたしの手のひらから飛び立って行く。するとすぐにその子よりも一回り大きい鳥がやってきて、寄り添って二羽は青空に飛んで行った。

「気をつけてね」

そんな姿を少しだけ羨ましいなんて思いながら、ぽつりと呟いたときだった。

「ジゼル嬢」

そんな声が、背中越しに聞こえてきて。恐る恐る振り返った先にいた人物を見た瞬間、わたしはぐらりと目《め》眩《まい》がした。

「で、殿下……」

「クライドでいいですよ」

彼はそう言うとわたしのすぐ近くまでやってきて、にっこりと微笑んだ。どうして、主役がこんなところにいるのだろうか。

「ジゼル嬢も、魔法使いだったんですね」

「い、今の、見て……？」

「はい。ばっちり」

誰もいないことを確認したつもりだったけれど、わたしは自身の甘さをひどく悔いた。

「あの、どうかこのことは誰にも言わないで頂けますか」

「もちろん。君が望むのなら」

その言葉にほっとしたのも束の間、クライド様は「その代わりと言っては何ですが」と続けた。

「少しだけ、二人きりで話せませんか」

そうして、冒頭に至る。

「ずっと、君と話してみたいと思っていたんです」

そう言って微笑むと、クライド様は優雅にティーカップに口をつけた。ひとつひとつの所作が洗練されていて、その美しさに思わず見とれてしまう。

わたしはと言えば、恥ずかしいことに貴族の令嬢としてのマナーすら完璧ではない。だからこそ、粗相ひとつできない相手である彼の前にいるだけで、余計に落ち着かなかった。

伯爵家に来てからのこの二年、最低限のマナーは教えられたけれど、普通は子供の頃から学び身に付けるものだ。わたしのような付け焼き刃では時折、ボロが出てしまう。

「ジゼル嬢も来年、魔法学園に行く予定ですか？」

「は、はい。そのつもりです」

「それでは僕と同級生になりますね。嬉しいです」

クライド様が魔法使いであること、それもかなりの力を持っていることは有名な話だった。魔力のない第一・第二王子を押し退《の》け、いずれ彼が王座につくのではないかという噂も聞いたことがある。

「これから、仲良くしてくださいね」

エメラルドのような緑色の瞳を柔らかく細めた彼が、一体何を考えているのかはわからない。わたしと仲良くしたところで、クライド様が得をすることなんて何ひとつないはずだ。

それでもわたしは、とりあえず頷くしかなかった。

◇◇◇

「っなんで、なんであんたばっかり……！」

「い、った……」

家に帰った途端、サマンサは大暴れした。あまりの様子に、義母ですら慌てて止めに入ったくらいだ。

思い切り頬を叩かれ、髪を引っ張られ。せっかくルビーが綺麗に結ってくれた髪もめちゃくちゃになっているだろう。

「クライド様が、なんであんたなんか……！」

二人で話をする際、人目のないところでとはお願いしたものの、やはり誰かに見られていたようで。どうやらそれが、彼女の耳にも入ったらしい。

だから、嫌だったのだ。クライド様はその身分はもちろんのこと、見目も良いことからかなりの人気がある。これからは殿下の婚約者の座を狙う令嬢達にも、余計に目の敵にされてしまう。そしてサマンサも、その一人のようだった。

父がやってきたところで逃げるように痛む頬を押さえ自室に戻れば、ソファにはエルの姿があった。

「ただいま。何か変わったことはあった？」

「お前の顔くらいだな」

「っふふ、いたた、」

そんなエルの言葉に思わず笑ってしまい、頬が痛む。

わたしは外出用のドレスのままエルの隣にぼふりと腰掛けると、早速頬を治した。結構腫れていたため、疑われないよう後でガーゼでも当てておくことにする。

「また、あのヒステリー女か」

「そんなとこ」

「ふうん。お前、腹立たねえの」

エルは手に持っていた、羽根で出来たペンをくるくるふわふわ器用に回している。どうやら何かを書いていたらしい。

「……もちろん、すっごく腹は立ってるよ。なんでこんな目に遭わなきゃいけないのかとも思う。でもわたしはまだ、この家の中でしか生きていけないから。我慢しないと」

いくら少し魔法が使えるといったって、こんな子供ではまともな場所で雇って貰えるとは思えない。それこそ、攫われて悪用されたりするのがオチだ。

「今はエルもいるし、大丈夫。耐えられるよ」

そう言って微笑んでみたけれど、反応はない。

しばらくの沈黙の後、バキッという音がして。何事かと思えば、エルの手の中にあったペンが見事に折れていた。

「えっ、大丈夫？　手、怪我してない？」

「…………」

「……エル？」

それでもやっぱり、反応はなくて。

彼は何故か困惑したような表情を浮かべたまま、自身の手の上にある折れたペンをじっと見つめていたのだった。

◇◇◇

「……どうしよう」

王城でのガーデンパーティーから一週間が経った今日、わたしは一枚の手紙を手に困り果てていた。

階下からはサマンサの金切り声や、ガッシャンパリンというとんでもない音が聞こえてくるから尚更だ。

「どうするも何も、お断りするなんてあり得ません」

「そ、そうだよね……」

「はい。国中の令嬢が羨むお話ですよ」

ルビーはそう言うと、紅茶を注いでくれた。

そう、この手紙はクライド様からのものだ。それも王城にて、二人でお茶をしないかというお誘いで。だからこそサマンサは、あんなにも怒り狂っている。

「それにクライド様の婚約者の地位を得れば、ロドニー様との話も間違いなく無くなります」

「確かに……いやでも、わたしには無理では……」

元平民でマナーすら完璧ではないわたしが、王子様の婚約者など務まるはずがない。

そもそも、わたし達がこうして勝手に話しているだけで、クライド様にはそんなつもりなど全くないのだろうけど。

「クライド様は素敵な方だと聞いていますし、とにかく気に入られておいて損はありません」

「わ、わかった」

ルビーの言う通り、クライド様とお近づきになっておいて困ることはない。気は乗らないけれど、自身の未来のためだ。

「はっ、こいつにそんなもん務まるかよ」

そんなわたしの向かいに座っていたエルは、小馬鹿にしたような笑みを浮かべるとカップケーキを口に運んだ。

ちなみにこの部屋の中ではエルがどんなに生意気な態度をとっても怒らないよう、ルビーに言ってある。間違ったお願いだとはわかっているけれど、彼女もわたしにとってのエルの存在を理解しているのか、何も言わなかった。

「お嬢様はこんなにもお美しいんです、いくらでも可能性はあります。他国の王族に望まれたっておかしくありません」

「いや、それは言い過ぎでは……」

彼女は時折、わたしを過大評価しすぎるところがある。

「とにかく、後でクライド様に行くと返事をするから、レターセットの準備をお願いね」

「かしこまりました」

それと同時に、くちゅん、と可愛らしい小さなくしゃみをしたエルは、何故かひどく驚いたような表情をしていた。

◇◇◇

それから数日が経ち、クライド様とお会いする日の朝。

「……風邪ですね」

ルビーはそう言うと、冷たいタオルをエルの額に載せた。

ベッドに横たわり、ぐったりしている彼の顔は林檎《りんご》のように赤く、その頬に触れてみれば信じられないくらいに熱い。

ルビーは氷水の替えと風邪薬を持ってきますと言い、部屋を出て行った。ここ数日、エルがやけに大人しいと思っていたけれど、どうやら具合が悪かったらしい。すぐに気付いてあげられなかったことが悔やまれる。

ちなみにこっそりと治癒魔法を試してみたけれど、外傷とはまた違うらしくわたしにはうまく出来なかった。

「エル、大丈夫？　辛いよね」

そう声をかけると、彼はひどく辛そうに目を細めた。

「……はじめて、」

「うん？」

「はじめて、風邪ひいた」

「えっ」

「具合わるくなるの、はじめて」

そんなことがあり得るのだろうか。驚いたわたしの口からは、間の抜けた声が漏れてしまう。

彼は今まで、健康そのものだったらしい。それならば尚更辛く不安だろうと、わたしは彼の手を握った。

とにかく今は薬を飲んで、大人しく寝ているしかない。

「……こんなの、しぬ、だろ」

「エルは普段健康だから、風邪では死なないよ。大丈夫」

それでも彼は、嘘だ、こんなに辛いなんて絶対に死ぬ、と繰り返している。本当に具合の悪さに慣れていないらしい。

辛そうにしている姿を見るだけで、胸が痛む。代われるのならば代わってあげたいとも思う。

「お嬢様、そろそろ支度を」

「……うん、わかった」

ルビーの言う通り、もう準備を始めなければ約束の時間には間に合わない。本当に、タイミングの悪さが恨めしい。

「ごめんね、エル。少しだけ行ってくるから、薬をきちんと飲んで大人しく寝ていてね」

そう言って、立ち上がろうとした時だった。

ぎゅっと彼の小さな手が、繋いでいたわたしの手を摑んで離さなかったのだ。エルの顔を見れば、呼吸は荒く、目を閉じたまま苦しそうな表情を浮かべていて。

「……本当に、ごめんね」

けれど流石に、王子であるクライド様との約束を土壇場でキャンセルする訳にはいかない。

わたしは断腸の思いでそっとエルの手を離すと、柔らかな銀髪をそっと撫で、彼の部屋を後にした。

◇◇◇

「……お前、なんでいんの」

数時間後、目を覚ましたエルはわたしを見るなり、驚いたように少しだけ目を見開いて。掠《かす》れた声で、そう呟いた。

まだ辛そうだけれど薬が少し効いたのか、先程よりは顔色が良くなっていて、ほっとする。

「王子のとこ、行ったんじゃないのかよ」

「行ったよ」

「だってまだ、昼じゃ」

「王城まで行って全部正直に話して、謝って帰ってきた」

「は」

ありのままを伝えれば、やっぱりエルは信じられないという表情を浮かべ、わたしを見つめていたのだった。

◇◇◇

エルの部屋を出た後、支度を終えたわたしは時間通り王城へ行き、クライド様にお会いした。

そしてすぐに「最近引き取ったばかりの執事見習いの子供が、熱を出していて心配だから付き添っていてあげたい」ということを素直に話し、必死に頭を下げた。

とても失礼なことをしている自覚はある。それでも今は、少しでもエルの側にいたかった。

そもそも貴族令嬢が、一介の使用人が風邪を引いたくらいで看病したり付き添うこと自体、あり得ないのだけれど。

『そうだったんですね。顔を上げてください。そんな中、わざわざ来てくださってありがとうございます』

クライド様はわたしに対し怒るどころか、そんな優しい言葉をかけてくださったのだ。

『僕も子供の頃は、具合が悪い時にはいつも母や姉に付き添ってもらいましたから。きっとその子も不安でしょうし、ぜひ一緒に居てあげてください。すぐに帰りの支度をさせます』

『……せっかく呼んで頂いたのに、本当にごめんなさい』

『気にしないでください。そんな顔をしないで』

そう言って柔らかく微笑んだ彼は、丁寧に見送りまでしてくださって。『その子の具合が良くなったら、連絡をください。また君に会いたいです』とまで言ってくださった。

クライド様は噂通り、涙が出そうなくらい良い人だった。

こんなにも失礼なことをしてしまったのだ。先程の言葉だって、優しい彼の社交辞令に違いない。二度と声をかけて頂くことはないだろうけれど、今後は心の中でひっそりとクライド様の今後の幸せや成功を祈り続けようと思う。


「……お前、ほんとバカじゃねえの」

「うん」

「ほんと、おかしい」

「うん。貴族令嬢失格だと思う」

先程の出来事を全て話せば、エルは心底呆れたような表情を浮かべ、そんな言葉を何度も繰り返し呟いた。

ちなみに即帰宅したわたしを、サマンサは何か粗相をしてすぐに帰されたのだと勘違いしたらしく、「やはりお姉様のような人間には、分不相応な話だったのよ」とかなんとか言い、朝とは別人のように機嫌が良くなっていて。

ルビーは「そんな気はしていました」と笑っていた。

「ずっと側にいるから、安心してね」

そう声をかけて頭をそっと撫でれば、エルは何とも言えない顔をして頭まですっぽりと布団を被ってしまった。

「なにか軽いものでも食べる？」

「いらない」

「お水は飲む？」

「ん」

やがて顔を出した彼の身体を起こし支えながら、ゆっくりと水を飲ませれば「……水って、うまかったんだな」なんて言うものだから、思わず笑ってしまう。

再びベッドに寝転がった彼に多めに布団をかけ、その手を握る。エルはわたしの手を、振り払おうとはしなかった。

「子守唄、歌ってもいい？」

「……あのなあ、俺は」

「ジゼル、歌います」

彼が少し眠たそうなことに気が付いたわたしは、母が昔よく歌ってくれた子守唄を歌ってみる。

「音痴」

「ご、ごめん」

エルはやっぱり、そんなわたしを鼻で笑ったけれど。

「俺が寝るまで、そのまま練習してろ」

「うん、ありがとう」

本当に素直じゃない彼に、また笑みが零れる。

わたしはエルの小さな手を握りながら、歌い続けた。彼の体調が早くよくなりますように、どうか良い夢を見られますように、と祈りながら。

「……おやすみ、エル」

そしていつの間にか寝息を立てていた彼の手は、しっかりとわたしの手を握り返してくれていた。

◇◇◇

それから、一ヶ月が経った。

二日程で風邪が完治したエルは、執事見習いとしての仕事を続けている。わたしも魔法の練習をしたり料理の練習をしてみたりと、今出来ることを模索する日々だ。

いつの間にか、エルとは仕事の時間と寝る時間以外ほとんど一緒にいるようになった。相変わらず義母やサマンサのせいで辛い思いをすることもあるけれど、エルの存在にとても助けられている。

そんな天気の良い、ある日のこと。厨房のおじさんがたまには外で食べてきてはどうかと、バスケットにわたしとエルのお昼ご飯を入れて持たせてくれた。

わたしは早速、屋敷から少し歩いたところにある花畑で食べようとエルに声を掛ける。

「……行こうも何も、俺の昼飯はその中なんだろ」

「うん！　それに外で食べたら、きっと美味しいよ」

やっぱり素直じゃないその物言いに、笑ってしまう。

バスケットを抱えて花畑まで歩いて行き、そこで並んで座ってお昼を食べた。やっぱり外で食べると美味しいね、と言えば「さあ」とよくわからない返事をされた。

食べ終えた後は周りに咲いている花を摘み、久しぶりに花冠《はなかんむり》なんて作ってみようと思ったのだけれど。

「……あれ、どうだっけ」

いまいち作り方が思い出せず苦戦していると、エルは作りかけのそれをパッと取り上げて。そして器用に花同士を編むと、わたしの手にぽい、と置いた。

「わあ、すごい……！　上手だね！」

「こんなの、少し考えればわかるだろ」

彼の真似をしたお陰で完成した花冠を、エルの頭にひょいと載せてみる。すると彼はひどく嫌そうな表情をして「本当にクソガキだな」と呆れたような顔をした。

「エル、いつもありがとう」

「は？　何だよいきなり」

「大好き」

そしてわたしは最近、好きだという素直な気持ちをよく口にするようになった。

母もいつも「ジゼル、大好きよ」と言ってくれて、わたしはそれがとても嬉しかった。それに、好きだという気持ちを口に出すことは素敵なことだとも、母は言っていたからだ。

エルはいつものように「あっそ」なんて言うと思っていたのに、何故か戸惑うような表情を浮かべるだけで。何も言わずにじっと、透き通った瞳でわたしを見つめていた。

その後、湖の周りを少しだけ散歩をして帰ろうと言うわたしの提案を、エルは受け入れてくれた。

「最近のエル、ちょっと優しいよね」

「お前の勘違いだろ」

そんな会話をしながら歩いていると、浮かれていたわたしは思い切り何かに躓いてしまった。間抜けにも程がある。

ぐらりと身体が傾いた先には、案の定湖があって。わたしは思わずエルに向かって手を伸ばしかけたものの、過去に避けられたことを思い出し、慌てて引っ込めた。

幸い、この湖は深くない。落ちた後は帰って大人しく風呂に入ろう。そう思っていたのに。

エルはそんなわたしの手を、しっかりと摑んだのだ。

けれど悲しいことに、わたしと彼には体重差が存在した。

結果、耐えきれなかった彼と共に、二人で思い切り湖に落ちてしまったのだけれど。

それでもエルがわたしに手を伸ばしてくれたことが、何よりも嬉しくて。すぐに水から顔を出したわたしは、笑顔になってしまうのを抑えきれないままエルの方を向いた。

「…………？」

いつもと同じ高さに目線を向ければ、何故かそこには顔ではなく、真っ白な肌に浮かび上がる鎖骨があって。

たまたま彼だけ高い場所にいるのかと、そのまま水の中の足元に視線を落としたけれど、そんなこともなく。

戸惑いながら顔を上げたわたしは、息を吞んだ。

「…………エル……？」

そこにはわたしよりも少しだけ背の高い、つい先程よりも大人びた顔つきをしたエルの姿があった。

◇◇◇

「お前、いつもの数倍アホみたいな顔してんぞ」

「……だって、その、」

「あー、冷た。まっじで最悪」

声も、先程よりも少し低い。顔立ちだって幼さが抜けて大人っぽくなった。輪郭だって、濡れた前髪をかき上げた手だって、なんだか男性らしさが増した気がする。

戸惑いを隠せずにいるわたしに、「頭でも打ったか？」なんて言うエルは、自身の変化に未だ気付いていないらしい。

わたしが「だから背が、いや顔もだけど、」としどろもどろになりながらも訴えれば、彼もようやく、目線の高さが変わっていることに気が付いたようだった。

「……お前、小さくなった？」

「そうじゃなくて、エルが」

わたしはそう言って、水面を指差した。ゆらゆらと揺れていたそれが、しんと静まりかえった瞬間。そこに映った自身の顔を見たエルは、「は？」と間の抜けた声を漏らした。

「エ、エルがわたしと同い年くらいになっちゃった……」

どう見ても、今の彼はとても十歳には見えない。わたしと同い年、もしくは少し上くらいに見えるのだ。

服だって、今にも破けるのではないかというギリギリの状態で。足は裾からはみ出し、シャツのボタンは取れ、首元ははだけている。彼が急激に成長した何よりの証拠だった。

ぽたりぽたりと銀の髪からも水が滴っているエルは、日の光を受けて輝いていて。そのはっと目を見張るほどの美しさに、まるで湖の精みたいだなんて思ってしまう。

それにしても、人間がこんなにも一瞬で成長するなんてこと聞いたこともない。そこでわたしは、ふと彼が以前言っていた「呪い」という言葉を思い出していた。

「もしかして、前に言ってた呪いが関係してるの？」

「多分な」

「ど、どこか痛かったりはしない？」

「ああ」

「良かった。ごめんね、エルまで濡れちゃって。それと、助けようとしてくれてありがとう。すごく嬉しかった」

「……あっそ」

そうして二人で湖から出て、お互い髪や服の裾をぎゅっと絞る。靴や下着の中までべっちゃべちゃで、気持ちが悪い。

ぶるりと鳥肌が立って、くしゃみが何度も出た。このままでは風邪を引いてしまいそうだ。

「さ、さむ……とにかく、急いで帰ろう」

そう、声をかけたのだけれど。エルは自身の手のひらを見つめた後、しばらく考え込むような様子を見せて。

やがてわたしに向かって、無言で右手をかざした。

「…………え、」

すると突然、ぶわりと暖かい風がわたしの全身を包んだ。心地よいそれは、あっという間に髪や服の水分を飛ばしていき、気が付けば何もかもが元通りに乾いていた。

誰がどう見たって、今のは魔法だった。

「まじか」

エル自身、ひどく驚いている様子で。やがて彼は自身にも同じ魔法をかけ、あっという間に彼も元通りになっていた。服だけは流石にぴちぴちのままだったけれど。

目の前で起きている信じがたい光景に、わたしはやはり驚きを隠せずにいた。

「エル、魔法、使えるようになったの……？」

「みたいだな。魔力量、しょっぽいけど」

本当に訳がわからないことだらけで、わたしは呆然とエルを見つめることしかできない。彼はいきなり数歳分成長した上に、魔法まで使えるようになったのだ。

「とりあえず、戻るぞ。色々試してみたいこともある」

「う、うん」

とにかくわたし達は、屋敷に戻ることにしたのだった。

◇◇◇

「だから俺は――――で、元々――――なわけ。俺自身もよくわからないけど、今後も――――する可能性はある」

「…………？」

帰宅後、人目を避けるようにして自室へと戻ったわたし達は、いつも通りソファに並んで座った。

けれどエルが一回り大きくなった今、違和感がすごい。

そして彼のわかる範囲での説明を求めたけれど、恒例のもやがかかったような感じになり、さっぱりわからなかった。

「とにかく、この変化は良いことではある」

「そうなんだ」

エルがそう言うのなら、良かったと安堵する。

「でも、どうして急にこうなったんだろうね？　湖に落ちた衝撃とかが関係してるのかな」

「さあ」

　どうやら彼も、本気でわからないらしかった。

　相変わらずどかりとソファに深く腰掛け、より長くなった足を組んでいるエルは、子供らしさが抜けたせいかなんだか余計に偉そうに見える。

「でも、これからどうしよう。急に大きくなったエルを見たら、みんな絶対おかしいって言うよ」

「えっ」

　エルはそう言うと、細く長い指先からキラキラと輝く綺麗な光を出して見せた。

「クソみたいな魔力量とはいえ、元々この見た目だったって屋敷内の人間の認識をいじるくらいなら、出来るはずだ」

「そ、そんなことができるの……？」

「はっ、これくらいで驚いてたら――――だぞ」

「うん？」

　やはりもやがかかって、よくわからなかったけれど。無造作にソファの上に置かれていたエルの左手を取ると、わたしは自身の両手でぎゅっと握りしめる。

　わたしよりも大きくなったその手は以前よりも固くて骨張っていて、なんというか男の人の手になっていた。

「これからも、今まで通り暮らせるってことだよね？」

「……まあ」

「良かった……！」

これでエルが追い出されたりしてしまっては、どうしようかと思った。一緒に出て行くことすら真剣に想像してしまっていたわたしは、ひどく安堵していた。

泣きそうになっているわたしに向かって、エルが呟く。

「……変だとか気持ち悪いだとか、思わねえの」

「なんで？」

「普通に考えて、こんなのおかしいだろ」

もちろん、変だとか気持ち悪いだなんて思わない。わからないことは多いし、気になることも数えきれないけれど。

エルが元気で、ここに居てくれるのなら何でも良かった。

「エルはエルだもの。赤ちゃんになっても、お爺さんになってもわたしは何も気にしないし、大切だよ」

「…………」

そう答えればエルは何も言わずに、読めない表情を浮かべたまま、ガラス玉みたいな瞳でわたしを見つめていた。

でも、ひとつだけ確認させて。とわたしは続けた。

「……エルの方が大きくなっちゃったけど、まだわたしがお姉さんってことでいい？」

「うるせえ、バカ」

第二章

ふたり手を繋いでゆっくりと

「ねえ、エル。わたし、気が付いちゃったの」

「…………」

「エルも一緒に、魔法学園に行けるんじゃないかって」

「…………は？」

わたしがそう言うと、エルは「バカか」と鼻で笑った。

——エルが突然大きくなってから、一ヶ月が経った。

彼がかけた魔法により屋敷中の人は皆、姿の変わった彼に対してもいつも通りで。その上、急にサマンサが大人しくなったかと思えば、自身を彼女が好まない姿に見える魔法をかけたんだとか。

エルの魔法、便利すぎる。

そして最近、義母や妹からの嫌がらせが減った。エルが何かしてくれたのかと聞いても「知らん」の一点張りで。けれどわたしは、彼のお蔭ではないかと思っている。好きだ。

エルはどうして、こんなにも色々な魔法を使いこなせるのだろう。一度尋ねてみたけれど、やはりいつものもやがかかって、彼が何を言っているのか全くわからなかった。

そんな中、ふと気が付いたのだ。年齢も同じくらいだし、魔法が使えるのならばエルもわたしと一緒に、魔法学園に入学できるのではないかと。

エルと一緒に通えたら、どんなに楽しいだろうか。

「あのなあ、そんなガキまみれの所に行くわけないだろ」

「ちょっと大きくなったけど、エルだってまだ子供だよ」

「その上、この俺が今更魔法を学ぶって？　アホか」

確かにエルは魔法に関しては十分な知識もあり、使いこなしているようだけれど。

「勉強もそうだけど、学園生活って絶対に楽しいよ？　わたしにもエルにも、友達だって出来るかもしれないし」

「はっ、何が友達だよ。なんで俺がクソガキ共と、」

「良いじゃないですか、魔法学園。私は賛成です」

そんな言葉に「そうだよね！」なんて返したあと、わたしはぴしりと固まった。どう考えても、エルの声ではない。

恐る恐る声がした方へと視線を向ければ、すぐ近くの椅子に見知らぬ男性が腰掛けていた。

「だ、だれ……？」

そう呟いた瞬間、わたしの目の前を大きな氷の塊が物凄い勢いで通り抜け、男性へと向かってい

く。

　エルから発されたらしいそれは、微笑んだままの男性の前でぴたりと止まると、パラパラと砕け消えていった。

「お久しぶりです、エルヴィス。可愛らしい魔法ですね」

「何しに来た」

　どうやらこの男性は、エルの知り合いらしい。そして彼やわたしと同じく、魔法使いのようだ。

「こんにちは、ジゼルさん。私はエルヴィスの知人で、ユーインと申します。勝手にお邪魔してすみません」

「ど、どうも……？」

　ユーインと名乗った、黒髪黒目がよく似合う美形の彼は、にっこりと微笑むとわたしに手を差し出した。歳は二十代後半くらいに見える。

　なぜ、わたしの名前を知っているのだろう。そもそも、彼はどうしてこの部屋にいるのだろうか。

　とにかくエルの知り合いならば、と握手をしようとしたところ、エルはユーインさんの手を思い切り叩《はた》き落とした。

「だから、何しに来た。迎えに来た訳じゃないんだろ」

「はい。ジゼルさんにご挨拶をしようと思って」

「そんなもんいらねえよ、帰れ」

冷たくそう言い放つエルにも、ユーインさんは「相変わらず冷たいですね」と笑顔を崩さない。

迎えに来た、ということはエルは元々ユーインさんと一緒に暮らしていたのだろうか。けれど行く当てもないと言っていたし、何か戻れない理由があるのかもしれない。

二人をじっと見つめながら、わたしは本当にエルのことを何も知らないなと改めて実感していた。

「それにしても、まさか奴隷市場に商品として並べられているとは思いませんでしたよ。ふふ」

「は？　知ってたのなら、すぐに助けろよ」

「流石に危なそうなマダムなんかに売られそうになったら、助けるつもりでしたよ。そもそも貴方には命の危険はないよう、マーゴット様がしっかり魔法をかけていますし」

そんなことを言って優雅に笑うユーインさんが、少し恐ろしくなる。彼は知り合いなのに、エルが売られているのを知っていて見過ごしていたらしい。

マーゴット様という初めて聞く名前も出てきた上に、二人の関係性が全く見えず、わたしは戸惑いを隠せずにいた。

「そもそもあれは、エルヴィスの自業自得でしょう。私達は十分なお金も何もかも持たせて行き先まで用意していたのに、貴方が少しぶつかっただけのゴロツキに、あんな小さな身体で喧嘩《けんか》をふっかけたせいなんですから」

「…………」

「最初からこれかと、マーゴット様も頭を抱えていました」

　だからこそ、と彼は続けた。

「ですからたった数ヶ月で、こんな姿になっているとは」

「ババアもいよいよ歳か？　かけた魔法が弱るなんて」

「いえ、彼女は元気ですよ。魔法の効果も続いています」

「は？　それなら何で」

「まだ内緒です」

　そう言って人差し指を唇にあてたユーインさんは、とても嬉しそうに微笑んだ。そんな彼とは対照的に、エルはかなり苛立《いらだ》っているように見える。

「貴方がこの姿になっていることを報告したら、マーゴット様は泣いていましたよ。彼女の涙は初めて見ました」

「はあ？　だから何でだよ」

「内緒です」

　再びユーインさんがそう言うと、エルは「お前のそういうところが、昔から嫌いなんだよ」と舌打ちをした。

「もういいだろ、ババアに早く解くよう言え」

「駄目ですよ」

「……あれは、まだなのか」

「そちらはご心配なく。まだまだ先のようですので、あれのために貴方に掛かっているものを解くことはありません」

「あっそ。それなら早く失《う》せろ」

ユーインさんに向かって、エルは虫を払うような手つきをしている。どうやらエルのこんな態度にも彼は慣れているようで、変わらずに涼しげな笑みを浮かべていた。

「それと魔法学園、是非通ってください。貴方自身のためにもオススメしますよ」

「お前まで、そんなバカなこと言うのかよ」

「きっと、それを解く鍵になると思います」

「は？」

困惑した表情を浮かべるエルに、ユーインさんは続ける。

「ああ、そうだ。エルヴィスが素敵な学園生活を送れるように、私からのプレゼントです」

そう言うと、彼はエルに向かって指先を向けた。それと同時に、エルの身体が柔らかな光に包まれる。

「おい、何をした？」

「ですから、学園生活を満喫できる魔法を」

「だから、何だよそれは」

エルの質問を無視すると、ユーインさんは立ち上がった。驚くほど背が高く、すらりとした身体つきをしている。

「入学のための貴方の戸籍やなんかも、こちらで用意しておきますね。ジゼルさんと同い年の、十四歳にしておきます」

「おい、勝手に決めんな」

「それでは、そろそろ私は帰りますね。ジゼルさん、エルヴィスをどうかよろしくお願いします」

そう言い残すと、ユーインさんはあっという間に姿を消した。穏やかな笑顔とは裏腹に、嵐のような人だった。

「あの、エル、今のって一体」

「……苛ついてきたから寝る。気が向いたら後で話す」

それだけ言うとエルは立ち上がり、わたしのベッドに潜り込んでしまったのだった。

◇◇◇

「ユーインは昔からの知り合いで、同じ所に住んでた。で、俺はクソババアに呪いをかけられて追い出された。おわり」

「えええ……」

あれから五時間も昼寝し、夕食の時間になってようやく起きてきたエルは、突如そんな説明をしてくれた。正直、漠然としすぎていてよくわからない。

　けれど先程の二人の会話を聞いていた限り、奴隷市場の件は怖いけれど、ユーインさんはエルのことを多少なりとも考えている様子はあった。

　魔法学園のことだって、エルのために戸籍を用意してくれるとも言っていた。クソババアさんのことも呪いのことも、わたしにはよくわからないけれど。果たして一方的に、そんなことをするだろうか。

「……ねえ、エル。違ったら本当に申し訳ないんだけど」

「何だよ」

「もしかして、エルって何か悪いことをした？」

「………………知らん」

　やけに長い沈黙も否定をしないあたりも、かなり怪しい。エルのことは大好きだけれど、彼の口や態度の悪さならば、喧嘩やトラブルを起こしていてもおかしくない気がする。

　けれどこれ以上は話したくなさそうだし、今日はもう聞かないでおこうと思う。

「とにかく、魔法学園に行けば呪いが解けるかもしれないってユーインさんも言ってたよね。一緒に行かない？」

「行かない」

「まだ試験までは時間もあるし、考えておいてね」

一緒には行きたいけれど、無理強いはしたくない。行く気になってくれるといいなと思いながら、不機嫌そうな表情を浮かべ、少し寝癖のついているエルを見つめたのだった。

◇◇◇

「はぁ？　お姉様が魔法を？」

「うん」

「……それは、本当なのか」

「はい」

それからあっという間に二ヶ月が経ち、雪もちらほらと降り始めた十二月のある日。

いよいよ今月、魔法学園の入学試験がある。流石に親の許可は必要だと思い、ちょうど広間にいた伯爵夫妻に、わたしは自身が魔法を使えることをようやく告げた。

すると、珍しく広間にわたしがいることを聞きつけたサマンサまでやってきて、口を挟んできた。

義母も、今にも文句を言いたそうな顔をしている。こうなることがわかっていたから、言いたくなかったのだ。

「嘘よ、絶対に嘘！　あり得ないわ！」

「それは試験を受けたらわかることだし、とにかく今月の試験に受かれば通うことにします」

「……わかった、そうしなさい」

魔法使いが家から出ることは、名誉なことらしい。両親が魔法使いだからと言って、子が魔法使いとして生まれてくるとは限らない。それでも貴族間ではステータスのひとつとなっており、家の価値が上がるとかなんとか聞いたことがある。

だからこそ父も、反対はしないと思っていた。とにかく許可は下りたことだしと、部屋に戻ろうとした時だった。

「待ちなさいよ！　あんたの魔法、見せてみなさい！　じゃなきゃ離さないから！」

「いた、っ……」

わたしの髪を思い切り掴んだ、サマンサの真っ赤に塗られた長い爪が頬をかすめて。それと同時に、ピリッとした痛みが走る。頬に触れてみれば、少しだけ指に血が付いた。

サマンサのことだ、本当に見せるまで離してはくれないだろう。「わかった、わかったから離して」と言えば、なんとか髪から彼女の手が離れた。頭皮がひどく痛む。

そうしてわたしは、彼女や伯爵夫妻の目の前で頬を治して見せた。三人の表情が、一気に驚いたようなものに変わる。

「……うそ、しかも、光魔法……」

サマンサは義母と同じ色をした薄茶色の両目を見開き、信じられないという表情を浮かべていた。やがてそれは、怒りに満ちたものへと変わっていく。

「なんで、なんであんたはいつもそうやって……！」

「サマンサ、落ち着きなさい！」

サマンサはいつもの癇癪《かんしゃく》を起こし、治したばかりのわたしの頬を思い切りばちんと叩く。珍しく父がすぐ止めに入ってくれたお蔭で、わたしは逃げるように部屋へと戻った。


「……どうした、その顔」

「サマンサのいつものやつだよ。大丈夫、すぐ治すから」

部屋へと戻ると、エルは何故か窓際にいて。その手には書類らしき紙の束があった。一体なんだろうと思いながら痛む頬を治していると、エルは睨むようにしてこちらを見た。

「お前、寮があるの知ってたんだろ」

「えっ？」

「学園に寮があるの、知ってたんだろって言ってんの」

どうやら先程、ユーインさんが来て彼の戸籍に関するものや、魔法学園についての書類を届けてくれたらしい。

そして彼の言う通り、学園には無償で入れる寮もある。

「俺を一人置いていくのが、とかバカなこと考えて、クソみてえなこの家に残る気だったのか」

「…………」

寮にさえ入れば、この家から三年間も出られるのだ。本来ならば、迷わずそうしていただろう。

けれどこんな家に彼を一人置いていくのも、エルと離れるのも嫌だった。

「バカじゃねえの」

「……だって」

「お前のそういうとこ、本当にいらつく」

「ごめん、なさい」

それでもやっぱり、無理強いはしたくなかった。三年間という長い期間を、わたしの我儘《わがまま》で縛りたくはない。

そして初めて、エルがわたしに対して本気で怒っているような態度を見せたことで、泣きたくなっていた、けれど。

「……行く」

「え、」

「俺も、学園に行ってやるって言ってんの。何度も言わせるな。それに呪いを解くためであって、お前のためじゃない」

「…………ほんとに？」

行ってやる、なんて言いながらもお前のためじゃない、なんて言う素直じゃないエルがわたしはやっぱり大好きで。

あまりにも嬉しくて思わずエルに抱きつけば、「離せバカ、暑苦しい」と怒られてしまった。

そして翌日、ルビーと買い物に行こうとしたわたしは、玄関でばったりサマンサに出くわした。そんな彼女の顔は目の周りが真っ青で、パンダのおばけみたいになっていて。

使用人に話を聞いたところ、昨夜寝ていたら突如棚から物が落ちてきて顔に当たり、あんな顔になったんだとか。

……昨夜は間違いなく地震なんて起きていなかったし、確か彼女の部屋のベッドから棚までは、かなり距離がある。そんなこと、普通ではありえないはずだ。

義母からは治せないのかなんて都合のいいことを言われたけれど、魔力切れだという適当な嘘を言って、家を出た。

そしてその日わたしは、エルの大好きなクッキーやキャンディをたくさん買って帰ったのだった。

◇◇◇

「そういえば、エルって美少年なんだった」

「は？」

魔法学園の入学試験当日。広大な敷地と、並び立つ大きな雰囲気のある建物を前に、わたしはひどく緊張していた。

もちろん「だる」なんて言っているエルも一緒で。馬車から降りた途端、周りにいた人々の視線が一気にこちらへと集中した。間違いなく皆、エルを見ている。

けれど彼は全く気にならないらしく、涼しげな表情のままだ。わたしは毎日朝から晩まで一緒にいるせいか、彼のとんでもなく美しい顔にも見慣れてしまっていたらしい。

「な、なんだかドキドキする……落ちたらどうしよう」

「バカか、魔法が使えて落ちるはずないだろ」

小馬鹿にしたようにわたしを笑うエルと共に、受付を済ませる。番号札をもらうと、広い講堂のような場所に並んで座り、順番に呼ばれるのを待った。

周りには沢山の同年代の男女がいて、高位貴族のような人もいれば平民らしき人もいる。

この中にいる誰かが、未来の同級生、そして友人になるのかもしれないと思うとワクワクしてしまう。

「ジゼル嬢、こんにちは」

「ク、クライド様……！　こんにちは」

そんな中、なんとあのクライド様がわたしにわざわざ声をかけてくださったのだ。お会いするのはあの日以来だったけれど、相変わらず優しげな笑顔が眩しい。

エルといることでただでさえ周りの視線をかっさらっているというのに、彼が現れたことで今や講堂内の全ての視線が、ここに集まっていると言っても過言ではなかった。

「あれから連絡をくれないので、嫌われてしまったのかと」

「えっ、すみません！　そんなこと、あるはずがないです！」

「本当に？　それなら良かった」

どうやら先日のあれは、社交辞令ではなかったらしい。ふわりと微笑んだ彼は、やがて隣のエルに視線を向けた。

「こちらは？」

「あっ、ええと」

我が家の執事見習いで、と言おうとしたわたしは慌てて口を噤《つぐ》んだ。今のエルは、どう見ても以前クライド様にお話しした「看病してあげたい子供」という感じではない。

なんて紹介しようかと、頭を悩ませていた時だった。

「エルヴィス・バーネットと申します。バーネット子爵家の三男で、彼女とは子供の頃からの知り合いなんです」

「ああ、そうでしたか。クライド・ランチェスターです」

思わず「えっ」と言いそうになるのを堪《こら》える。子爵家三男のバーネットさんとは、一体誰なんだろう。

やがてクライド様が差し出した手を、エルは小さく笑みを浮かべ握り返した。その様子に、ひどく安堵する。

「お二人共、これからよろしくお願いしますね」

そう言って微笑むと、クライド様はメガネをかけた少年と共に歩いて行く。そしてその姿が見えなくなった途端、わたしはすぐにエルに小声で問いかけた。

「ねえ、バーネットって誰……？　子爵家って？」

「お前と一緒に居るのなら平民じゃ困ることもあるだろうって、ユーインが勝手に用意した設定」

「そんな大事なこと、先に言っておいてよ」

「忘れてた」

そんなものを用意できるユーインさんは一体、何者なんだろう。謎は深まるばかりだ。

けれど学園でも、立場を気にせずにエルと過ごせるのはとても嬉しい。今度会ったらお礼を言おうと決め、わたしは再び自身が呼ばれるのを待った。

◇◇◇

「え、Sクラス……？」

「はい。これから頑張ってくださいね」

自身の持つ番号を呼ばれた後、わたしはエルと別れ別室へと案内されて。数人の教師らしき人達の前で、丸く透き通った水晶に触れるよう言われた。どうやらこの水晶に触れることで、魔力の判定が出来るらしい。

言われた通りにそっと手のひらをあてると、水晶は驚くほど眩しく白く光った。そしてそれを見た年配の男性に「おめでとうございます。Sクラスですよ」と告げられたのだ。

Sクラスは特別クラスとも呼ばれていて、かなりの才能を持った生徒のみが入れるものだと聞いている。以前エルに魔力量が多いとは言われていたけれど、まさか自分がSクラスに選ばれるなんて、思いもしなかった。

とにかく合格して良かったと安堵しつつ、説明された通り別室へ行き、結果を報告して入学用の書類を貰う。きょろきょろと周りを見回しても、エルの姿はない。

ずっと部屋の中にいては、迷惑になるに違いない。そう思い廊下のベンチに座って待とうと、歩き出した時だった。

不意に、思い切り誰かの肩にぶつかってしまって。「すみません」とすぐに顔を上げたわたしは、息を呑んだ。

「……ジュード？」

その名を呟けば、困惑したような表情を向けられる。

「人違いだろ、俺に貴族のお嬢さんの知り合いなんぞ、」

「わたし、ジゼルだよ！　二年前、貧民街で一緒だった！」

そう言って自身の顔を指差して見つめれば、あの頃よりもずっと背の高くなったジュードは、灰色の瞳を見開いた。

「本当に、ジゼルなのか……？」

「うん！」

母が亡くなってから伯爵が迎えに来るまでの数日間、貧民街で暮らしていた際に、右も左もわからないわたしの面倒を見てくれていたのがジュードだった。

彼は貧民街の子供達のボス的存在で、色々なことを知っていた。生きていく術《すべ》や、抜け道なんかも。わたしが売り飛ばされずに済んでいたのも、間違いなく彼のお蔭だ。

そして突然伯爵が迎えに来たことで戸惑っていたわたしに「こんな所にいるよりも、絶対にいい。そして二度と此処《ここ》には来るな」と言ってくれたのも彼だった。

過去に一度だけその約束を破って会いに行ったものの、彼には会えずじまいだった。

「元気そうで良かった！　また会えて嬉しい」

「……お前も、元気そうだな」

「うん。此処にいるってことは、ジュードも学園に？」

「ああ、俺は騎士を目指すつもりだ」

「ジュードにぴったりだね！」

まさかこんなところで再会するなんて、思ってもみなかった。学園生活が本当に楽しみだと浮かれていると、突然ぐいっと後ろからドレスを引っ張られて。

「疲れた。さっさと帰るぞ」

「あっ、ごめんね」

振り返れば予想通り、エルが不機嫌な顔で立っていた。

「またね、ジュード！　来年からよろしくね」

「……ああ」

そうして彼にぶんぶんと手を振ると、さっさと歩き出したエルの背中を慌てて追いかけた。

「ねえねえ、エルもちゃんと受かった？」

「誰に向かって口利《き》いてんだ、バカ」

「わたしね、Sクラスだったよ！　エルは？」

「だから誰に向かって、」

「やっぱり、エルと同じクラスなの!?」

嬉しくなったわたしは、少し前を歩く彼の左手を自身の右手ですくいとり、ぎゅっと握る。いつも握り返されることはないけれど、振り解かれることもない。それで十分だった。

「学園生活、とっても楽しみだね」

「まったく」

けれど今日は彼の指先がほんの少しだけ、わたしの手の甲に触れていることに気が付いてしまった。

思わず口元が緩んでしまうわたしに「いつも以上にアホみたいな顔してんぞ」なんて言うエルが、何よりも愛しくて。

彼と共に過ごせる学園生活が、楽しみで仕方なかった。

「エル、大好き」

「……あっそ」

ちいさな世界をそっと開いて

桜舞い散る春。まだ少し固い制服に身を包み、魔法学園の一年生になったわたしは、机に突っ伏して頭を抱えていた。

ハートフィールド伯爵家を離れ移り住んだ寮生活はとても快適で、魔法の授業だってとても楽しい、けれど。

「どうして、友達ができないの……？」

そう、入学して一週間が経ったにも拘《かか》わらず、わたしには友人と呼べる存在が一人も出来ていなかったのだ。

入学前には友達たくさん出来るかな、なんてワクワクしていたわたしの夢は、すでに破れかけていた。

「どうしても何も、お前が嫌われてるだけだろ」

「い、今はそういうの本気で効くからやめて……」

相変わらず偉そうな態度で隣に座っているエルは、そんなわたしを鼻で笑うとキャンディを口に放り込んだ。

そんな彼は、入学当初は何故か猫を被っていたものの「だるくなった」と言い始め、たった二日で素の状態になっていた。だからこそ、ぼっち仲間になると思っていたのに。

「エルヴィス様、先程の授業のノートです」

「ご苦労」

友人なんていらないとまで言っていたエルは何故か、普通にクラスに馴染《なじ》んでいた。こんなにも偉そうなのに。むしろ彼は馴染むどころか、謎の地位を確立してすらいる。

……この一週間様々な授業を受けたけれど、エルの魔法に関する知識や技術がとんでもないことを、わたし含めクラスメイトや先生方も皆、思い知らされていた。

本人はいつも自身の魔力量をしょぼいと言っていたけれど、一般的に見ればかなり多い方な上、属性をいくつも持っているとか。エルは本当に凄い人だったらしい。

その結果、彼は皆から一目置かれ尊敬されているようだった。ファンのような人々も現れ始めていて、彼らはエルの口や態度の悪さまで素敵だと言っているらしい。

「昨日も珍しく女の子から話しかけられたと思ったら、エルヴィス様とはどんな関係なんですか？だよ……」

「へえ」

「弟みたいなものだって言っておいたけど」

「ふざけんな」

そう言うとエルは思い切り、指でわたしのおでこをはじいた。ちなみにこれ、なかなか痛い。

「でも、すごく可愛い子もいたよ。どう？」

「バカ言うな、俺を変態にする気か」

「へんたい……？」

よくわからないけれど、エルは今のところ恋愛には興味はないらしい。正直少しだけほっとした。今エルに恋人なんて出来てしまえば、わたしは本格的なぼっちになってしまう。

とは言え、エルとこうして一緒に過ごせるのは楽しいし、何よりも嬉しいけれど。女の子の友達も欲しい。

「わたしは女友達と、お昼に一緒にランチをしたり、オシャレの話をしたり、カフェでおしゃべりをしたり、好きな男の子の話とかしてみたいだけなのに……」

「つまんなそうだな」

Ｓクラスの男女比は同じくらいで、女の子は十五人いる。その中でも貴族令嬢は数人で、残りは平民らしい。ちなみに今年はかなり多い方だという。

クライド様、そしてジュードも同じクラスだった。彼らだけはわたしに気さくに話しかけてくれて、とても嬉しい。けれどやっぱり、女の子の友達も欲しかった。

貴族令嬢の子達に嫌われているのは、まだわかる。サマンサが言いふらした噂のせいもあるだろう。けれど平民の子達に挨拶をしてみても「お、おはようございます……」と、恐ろしいものを見るかのような視線を向けられてしまうのだ。

　伯爵令嬢だから気を遣われているのかと思い、授業で少し会話をするきっかけがあった時には、平民としての生活の方が長いことを伝えてみたりもしたけれど。さっぱり効果はなかった。

「やっぱり、相部屋にしたら良かったかな」

「お前と同じ部屋の奴は可哀想だから、良かっただろ」

「なんで？」

「寝言うるせえもん」

「えっ、そうなの……？」

　相部屋なんて絶対に嫌だと言っていたエルはユーインさんに頼み、追加でお金を払って個人部屋にして貰っていた。

　そしてユーインさんから「エルヴィスのお守《も》りをして貰っているお礼と言っては何ですが、ジゼルさんも是非」と言われ、ついお言葉に甘えてしまったのだ。

　……友達って、どうやって作るんだろう。わたしは深い溜め息を吐くと、次の授業の準備を始めたのだった。

◇◇◇

全ての授業が終わり、今日は眠たいからさっさと帰って寝るというエルと別れ、わたしは一人女子寮に向かって歩いていた。

とは言えまっすぐ帰っても暇だし、図書館にでも寄ろうかななんて思っていると、不思議な動きをしている女子生徒を見つけて。その横顔から、クラスメイトのリネット・ダウンズさんだと気が付く。栗色の髪がよく似合う可愛い子だ。

ちなみに友人が欲しすぎるあまり、わたしは同じクラスの女の子の顔と名前だけはしっかりと覚えてある。

「ねえ、何か捜してるの？」

「ハ、ハートフィールド様……！」

そう笑顔で声をかけると、ダウンズさんはびくっと身体を大きく震わせた。わたしって、そんなに怖いんだろうか。

けれど名前を覚えてくれていたことが、とても嬉しい。

「あの、ペットが逃げ出してしまって……」

「ペット？」

「て、手乗りの猿なんです」

「猿」

ちなみに寮では、小動物ならば飼っていいことになっている。とは言え、手乗り猿とは驚いた。

「わたしで良ければ、一緒に捜すよ。なんて名前なの？」

「そんな、ハートフィールド様にこんなこと、」

「できたらその呼び方はやめてほしいな。ジゼルでいいよ。それにわたし、捜し物は昔から得意なの」

そう言って腕をまくると、彼女は少しだけ泣きそうな表情を浮かべながら「リ、リンです。赤いリボンを着けた女の子で……」と答えてくれた。

「リンちゃんね！　任せて」

「あの、本当にありがとうございます」

「ううん。早く見つかるといいな」

そうして、二人で捜し始めて一時間ほど経った頃。ようやく、木の枝の上にいるリンちゃんを発見した。

くりっとした大きな目がとても可愛くて、後で是非抱っこさせてもらいたいと思ってしまう。

「リン、降りておいで」

けれど、いくらダウンズさんが呼びかけても、リンちゃんは降りてこようとしない。やがて十分程それを続け、彼女の声がかれてしまうのではないかと思ったわたしは、低い場所にある木の枝を摑んだ。

「ジ、ジゼル様……？」

そしてわたしはそのまま、木に登り始めた。昔から木登りは得意なのだ。すいすいと登って行き、無事にリンちゃんを抱っこできたことで、ほっとする。

久しぶりの木登りに疲れたわたしは、降りる前に少しだけ休もうと太い枝によいしょと腰掛けたのだけれど。

「あ」

やがてベキッという嫌な音がしたかと思うと、わたしはそのまま地面へと落ちて行く。

これは本当に足くらい折れるかも、自身の魔法で治せるかなあなんて変に冷静になりながら、とにかくリンちゃんに怪我はさせまいと、彼女をぎゅっと抱きしめて目を閉じた。

けれどいつまで経っても痛みは来ない。それと同時に、浮遊感に包まれたわたしは、恐る恐る目を開ける。すると宙に浮いていたわたしの身体は、そっと地面に下ろされた。

どうやら、誰かが魔法で助けてくれたらしい。一体誰が、と辺りを見回したわたしは、見覚えのある銀色を見つけた。

向かいの建物の窓から、ひどく呆れたような顔をして頬杖をつき、こちらを見ているエルと視線が絡む。

「何してんだ、クソバカ」

結構遠くにいるのに、何故かエルの声ははっきりとよく聞こえた。これも彼の魔法なのかもしれない。

……エルが、助けてくれた。

そう理解するのと同時に、じわじわと胸の奥から嬉しくて泣きたくなるような、そんな気持ちが溢れ出してくる。

「エル、どうして」

「窓から大きな猿が見えたから、見物してただけだ」

「寝てたんじゃなかったの？」

「お前の声、うるせえんだよ」

必死に捜し回るうちに、気が付けば男子寮の近くまで来ていたらしい。そしてわたしは先程まで「リンちゃーん！」と大声で叫んでいたのだ。冷静になると恥ずかしい。

エルがわたしの声に気が付いて、窓から様子を見てくれていて、危ないと思った時には魔法を使って助けてくれた。彼には何ひとつ、得がないのに。それが、何よりも嬉しくて。

「エル、大好き――!!　ありがとう――!!」

そう叫べばエルはひどく嫌そうな顔をして、ぴしゃりと窓を閉めてしまった。そんなところも好きだ。

やがてわたしは、今にも泣き出しそうな顔をしているダウンズさんにリンちゃんを渡した。

「びっくりさせてごめんね。リンちゃん、可愛いね」

「っ本当に、ジゼル様が無事で、良かったです……」

「うんうん。それじゃあ、また明日」

そう言って戻ろうとすると「あの」と声をかけられて。

「ジゼル様がよろしければなんですが、この後お時間があれば、一緒にカフェに行きませんか……？　な、何か御馳走《ごちそう》させてください。あっ、でも貴族の方に御馳走なんて、」

「行きます」

わたしはダウンズさんの手を取り、即答した。

◇◇◇

「えっ、怖がられている訳じゃなかったの？」

「怖がる……？　ジゼル様は本当にお美しいですし、高貴なオーラがすごくて……その上バーネット様や第三王子様と仲良くされているので、私達平民なんてとても恐れ多くて、関われないと思っていました」

「こ、高貴……」

　一体このわたしのどこから、そんなオーラが出ているのだろうか。エルが聞いたら鼻で笑い飛ばすに違いない。恐ろしい勘違いだ。

ちなみに話を聞くと「平民生活が長かったんだよ」という話も、新手のジョークだと思っていたらしい。わたし、めちゃくちゃつまらない冗談を言う奴になってしまっていた。

「ですから、木登りをするなんて思ってもいなくて」

そう言って、ダウンズさんはくすくすと笑う。それと同時に、わたしはこの流れならいけると確信していた。

「ダウンズさん、わたしと友達になってくれませんか！」

「え、あっ、はい。私なんかで良ければ、喜んで」

「本当に？　ありがとう……！」

こうして、生まれて初めて女の子の友達ができた。

帰る頃には彼女のことをリネと呼べる仲になり、わたしはなんだか胸がいっぱいになってしまって。頼んだふわふわのパンケーキを、珍しく残してしまったのだった。

念願の友達が出来た、と浮かれて寮に戻りリネと別れたわたしは、ぼふりとベッドに倒れ込んだ。

「……エルに、会いたいな」

いつからかわたしは、嬉しいことがあると一番にエルに会って話したい、と思うようになっていた。「あっそ」と「へえ」しか返ってこないけれど。

まだ、夕食の時間までは時間がある。偶然会えたらラッキーくらいの気持ちで、散歩がてらエルの寮の近くまで行ってみようと、わたしは部屋を出た。

「やあ、ジゼル嬢」

「ク、クライド様」

けれどなんと、エルではなくクライド様に遭遇してしまった。その上、彼は珍しく一人だ。いつも必ず一緒にいる、メガネくんはいない。

「どこかへ行くんですか？」

「ええと、散歩みたいなもので」

「ご一緒しても？」

「も、もちろんです」

そうして、授業の話やたわいない話をしながら二人で並んで歩いていたけれど。時計塔の裏辺りに来たところで、なんと告白シーンらしきものに出くわしてしまった。

どうやら先輩同士らしく、成功したのか二人は抱き合っていて、わたしは両手で顔を覆うと慌てて背を向けた。小説なんかで見たことはあったけれど、なんだかすごい。素敵だ。

そんなわたしを見てか、クライド様は「可愛らしい反応ですね」と笑うと、違う道を行こうと提案してくれた。

「……君は、意中の男性はいないんですか？」

そして落ち着いた頃、そんなことを尋ねられて。こういう話をすることに憧れてはいたものの、まさか初めての恋の話の相手がクライド様になるなんて、思いもしなかった。

「はい、いません。恋愛には憧れますけど、実はわたし、今はそれどころじゃないんです」

そう。わたしはいずれ、家を逃げ出す。そのためには恋愛にうつつを抜かしている暇はないのだ。

もちろん、憧れはあるけれど。恋愛の話なんかは是非、聞き役に徹したい。

「僕もです。同じですね」

すると彼はそう言って、眉を下げ困ったように笑った。

きっとクライド様ほどの方となれば、お忙しくてそんな暇などないのだろう。立場上、相手選びだって慎重になるに違いない。そう、思っていたのだけれど。

「でも僕、君のことはとても好みなんですよ。芯が強くて、まっすぐな女性が好きなので」

クライド様はそんなことを先程と変わらない笑みを浮かべたまま、さらりと言うものだから。わたしの口からは思わず、間の抜けた声が漏れてしまった。

「周りなんて気にせず、凛としていた君の姿が素敵だと思ってあの日声をかけたんです」

「そ、そうなんですか」

リネといいクライド様といい、過大評価にも程がある。

ガーデンパーティーの日だって、サマンサ達には多少嫌な目には遭わされたけれど、大して気にはならなくて。どのケーキから食べようか真剣に悩んでいただけだ。

それでも本当に、クライド様がわたしのことをあの頃から良く思ってくださっていたのなら、過去のことが余計に申し訳なくなってしまう。

「クライド様、あの時は本当にすみませんでした」

「いえ、君の優しいところも素敵だと思っていますから」

「どう考えても最低です」

「本当に気にしないでください。ああ、そうだ。その代わりと言ってはなんですが、ジゼルと呼んでも？」

「あっ、はい！　もちろんです」

すぐにそう答えれば、クライド様は嬉しそうに微笑んだ。そんな彼が纏う雰囲気は、とても柔らかくて甘くて。

なんだかパンケーキみたいだなんて失礼なことを思いながら、わたしは寮まで送って頂いたのだった。

◇◇◇

「わたし、高貴なオーラが出てるんだって」

「新しい冗談か？　つまんねえぞ」

「それにね、凛としてるとも言われちゃって」

「まとめて病院行け」

翌日の放課後。今日の授業の復習をしているわたしの部屋で、エルはごろりとベッドに寝っ転がりながら、図書館から借りてきたらしい魔法に関する本を読んでいた。

女子寮の中は基本的に男性は家族以外立ち入り禁止だけれど、エルは誰にもバレずに上手く入ってきているらしい。規則を破るのは良くないけれど、エルは家族でもあるから許してくださいと、わたしは日々心の中で謝り続けている。

そして驚くことに、エルはもう魔法に関して学ぶことなんてないと言いながらも、学園に来てからはよく読書をしていた。その上、読むスピードも驚くほど速い。

その貪欲さには、素直に尊敬してしまう。だからこそわたしも負けじと、日々机に向かっている。

今日の復習をキリのいいところで終えた後、わたしはベッドへと向かいエルが寝転がっているすぐ近くに腰を下ろした。

「ねえ、エル。しかもね、内緒なんだけど」

「…………」

「クライド様って、わたしがとても好みなんだって」

「はっ」

こそっとそう言えば、エルは「この国もそろそろ終わりだな」なんて言い、本を閉じた。失礼過ぎる。

「あとね、告白してる人を見ちゃった。素敵だったな……人を好きになるって、どういう感じなんだろうね。あ、もちろんエルのことは好きだよ。今のは恋愛的な話ね」

「俺が知る訳ないだろ。あと、いちいち付け加えなくていい」

「ドキドキして、胸が苦しいって感じなのかな」

「そんなもんに何の意味があるんだか」

そう言ってのけたエルはやはり、恋愛に興味はないらしい。勇気を出して彼に話しかけている可愛い女の子達にも、冷たい態度を取り続けているようだった。

それでも彼女達は喜んでいるような様子を見せていて、わたしにはさっぱりわからない世界だ。

「憧れるけど、わたしにはよくわからないや」

「へえ」

「いつか家を無事に出られたら、恋が出来るかな」

「知らん」

内容はさておき、珍しく彼が相槌を打ってくれるのが嬉しくて、わたしは尚も続けた。

「いつかエルが好きになる人って、どんな人なんだろう。やっぱりすっごく美人なのかな」

「は？」

「意外とエルみたいな人に限って、恋に落ちちゃった後はデレデレになったりとか」

「んなわけないだろ、バカ」

相変わらず偉そうな体勢で寝転がったまま、エルは海のように深く澄んだ瞳で、わたしを軽く睨んだ。

「そんなこと、一生あり得ねえよ」

「じゃあもしそうなったら、何でもお願い事聞いてね」

「はっ、いくらでも聞いてやる」

「しかと聞きましたからね！」

やがてエルはいつものように鼻で笑うと「なんか腹減ってきた、アレ食いにいくぞ」と言い出した。アレと言うのは、最近彼がハマっているカフェのフルーツタルトだ。

エルはユーインさんからわりと自由にできるお金を貰っているらしく、結構な勢いで食費に費やしている。それなのに彼はすらりとしたままだから、羨ましい。

わたしはいいよと返事をし、軽く上着を羽織るとエルとは別々に外に出た。

少し離れたところにある桜の木の下で待ち合わせるのも、当たり前になりつつある。既にエルの姿があって、わたしは駆け寄っていく。

ひらひらと舞い落ちる花びらの中にいるエルは、この世のものとは思えないくらいに綺麗で。そんな彼は、手を触れたら儚く消えてしまいそうにも見えた。

妙な不安に駆られ、わたしはエルの背中に後ろからぎゅっと抱きつく。すると「いきなりなんだよ、暑苦しい」なんて言われてしまったけれど、振り払われることはない。そんな彼のことが大好きだと、今日も心の底から思った。

「あ、好きな子が出来たら、一番にわたしに教えてね。誰にも言わないし、協力するから」

「勝手に言ってろ」

◇◇◇

「これ、大したもんじゃねえけど」

「えっ？」

ある日の朝。寮から登校してきて自席に着くと、ジュードがわたしの下へとやってきて。彼は可愛らしい小袋に入ったキャンディを手渡してくれた。

貰えるのは嬉しいけれど、急に何故だろうと首を傾げているわたしを見て、彼もまた困ったような表情を浮かべた。

「お前、今日が誕生日じゃなかったか？」

「…………あ、」

「弟と同じ日だから、覚えてたんだ」

そんな彼の言葉に、はっとする。思い返せばここ数年、生まれた日を祝って貰ったことなんてなかったから、自身の誕生日など完全に忘れていた。

どうやらわたしは今日で十五歳になったらしい。近くに座っていたリネが「えっ」と立ち上がる。

「ジゼル、今日がお誕生日だったんですか……？」

「だったみたい……」

「そんな……何も用意していません」

「気持ちだけでとっても嬉しいよ。ありがとう、リネ」

そう言うと、わたしはジュードに向き直った。

「ジュード、本当にありがとう！　本当に本当に嬉しい。わたし、誕生日プレゼントなんて子供の頃以来に貰ったもの」

彼の大きな手を取って、涙目になってしまうのを堪えながら何度もお礼を言えば「こんなもんでそんなに喜ばれると、逆に困る」と彼は眉を下げて笑っていた。

けれど本当に、嬉しかったのだ。たった数日しか一緒にいなかったのに、誕生日まで覚えてくれていたなんて。その上プレゼントまで貰えたわたしは、感動でいっぱいだった。

「ジゼル、どうか昼休みまで待っていてくださいね」

「うん……？」

何やら気合が入っている様子のリネはそれだけを言いに近くまで来ると、自席に戻って行った。

同時に、大きな欠伸をしながらエルが教室へと入ってくる。

おはようと声をかければ「ん」とだけ言い、目を擦った彼は席に座り、そのまま突っ伏した。どうやら寝不足らしい。そんな姿も可愛いなあなんて思いながら、わたしはソワソワするような、不思議な気持ちに包まれていた。

「ジゼル様、おめでとうございます」

「あ、ありがとう……！」

そして、放課後。わたしの机の上はいつの間にか沢山のお菓子や小物、そして大きな花束で埋もれていた。お菓子や小物はクラスの子達から、花束はクライド様からだ。

リネも学園内の雑貨屋さんで、可愛らしいカチューシャとブレスレットを買ってプレゼントしてくれた。色違いのお揃いだと言われ、そんな素敵な経験のなかったわたしは、嬉しくてまた泣いてしまった。

その上、ほとんど話したことのなかったクラスメイト達も何故か、お祝いの言葉とプレゼントをくれて。わたしは泣きながらお礼を言い続ける、様子のおかしな人になっていた。

誕生日がこんなにも嬉しいものだなんて、わたしは知らなかった。胸の奥から温かいものがじわじわと溢れ出てきて、それと同時にやっぱり、涙が出てくる。

「喋ったこともあんまりないのに、みんな、やさしい……」

「みんな、ジゼルと仲良くなりたかったんだと思いますよ。それに、お菓子ひとつで泣きながら喜んでいる様子を見れば、お祝いしたくなる気持ちもわかります」

「……っう、」

そんなリネの言葉に、また涙が出る。少し前までは友達が出来ないと、頭を抱えていたというのに。今ならやっぱり、友達も百人くらい出来そうだと思ってしまう。

そうして泣いているわたしの下へ、今日初めてエルがやってきた。入れ替わり立ち替わり人が来ていたから、面倒だと思って近づいてこなかったのだろう。

彼はもはや号泣しているわたしと机の上を見比べると、驚いたように少しだけ切れ長の瞳を見開いた。

「ぶっさいくな顔してどうした？　これ、食っていいの」

「うっ……これは、流石のエルにもあげられない」

わたしは「これ、誕生日プレゼントなの」と説明した。

「誰の」

「わたしの」

「は？」

こんなにも驚いたエルの顔を見るのは、久しぶりかもしれない。ただの何もない日だった去年の誕生日も、彼と出会う少し前だったから言ったことはなかった。

「わたしもね、朝ジュードに言われて気が付いたんだ」

「……ふうん」

エルはそう言うと、なんとも言えない表情を浮かべて。やがて彼はそのまま何も言わず、教室を出て行ってしまった。

エルからお祝いの言葉や物を貰いたいとはもちろん思っていない。わたしは彼から、すでにたくさんの物をもらっているからだ。エルがわたしの側にいてくれること自体が、人生最大のプレゼントだと本気で思っている。

やがてわたしはリネと共に腕いっぱいのプレゼントを抱えると、幸せな気持ちで教室を後にしたのだった。

◇◇◇

その日の夜。寝る支度を済ませ、今日貰ったプレゼント達を机に並べて眺め、頬を緩ませていたわたしは、窓が開く音に慌てて顔を上げた。もちろんそこには、エルがいて。

「エル？　こんな時間にどうしたの？」

「別に、何も」

そうして彼は当たり前のように、わたしのベッドに寝転んだ。エルがこんな時間に来るのは初めてだった。

とは言えもちろん嬉しくて、わたしはいつものようにエルの近くに座り、たわいない話をする。

それにエルが「へえ」だとか「ふーん」という相槌を打つのが小一時間ほど続いて。

眠たくなってきたところで、エルは「そろそろ帰る」と言い出した。そして彼は、いつものように窓枠に腰かける。

彼が何を思って来てくれたのかは、わからない。けれどももしかしたら、本当にもしかしたら。わたしが誕生日なのを意識して来てくれたのかもしれないと、期待してしまう。

そんな彼の背中に向かって「エル、来てくれてありがとう。大好き」と伝えてみる。

「ジゼル」

すると不意に、振り返ったエルはそう呟いて。

「少しは大人になれよ、クソガキ」

次の瞬間、小さく笑った彼の姿は消えていた。

その場に立ち尽くしていたわたしは、ぱたりとベッドに倒れ込んだあと、しばらく泣き続けた。もちろん、嬉しくてだ。

……明日の朝、ぱんぱんに腫れたわたしの顔を見て、エルはやっぱり「ぶっさいく」だなんて言って笑うのだろう。

十五歳の誕生日は、沢山の人にお祝いをしてもらって。そして初めて、エルが名前を呼んでくれた大切な日になった。

近づいて、ぶつかって

「うわあ……きもちわる……」

自身の部屋で魔物図鑑を眺めながら、わたしは思わずそんな声を漏らしていた。うにょうにょとした触手が七本もあったり、目玉がいくつもあったり。気持ちが悪すぎる。

勉強は好きだ。けれど何が悲しくて、こんな気持ち悪い生き物の生態を覚え込まなければならないのだろうか。

しかし真面目な生徒であるわたしは、そう言いながらも来週の小テストに向けて「も、猛毒巨大蛸の足は八本、うち二本の動きが速い」と声に出し、必死に暗記を続けている。

「ジゼル、喉渇いた。いつものやつ」

そんなわたしに向かってソファに寝転がっていたエルは、ひどく偉そうにそう言ってのけた。

彼は本当にずるい。わたしが名前を呼ばれるとつい、ホイホイ言うことを聞いてしまうのをわかった上で言っている。

そうとはわかっていながらも、即座にお茶の準備をし始めてしまう自分が悲しい。なんてちょろいんだろう。

「いつものやつ」というエルのお気に入りの紅茶を淹《い》れながら、わたしはふと気になったことを尋ねてみた。

「ねえ、エルって魔物を見たことある？」

「当たり前だろ」

「えっ、あるの！」

　魔物というのは、基本的には都市部には存在しない。森や山奥にいるらしい。そして魔物は、必ず人間を襲うという。だからこそ日々、騎士団が討伐してくれているのだ。

　ちなみにいずれ、実際に魔物が出る場所に出向いて魔法を使い、倒す授業もあるんだとか。今から気が重い。

「やっぱり生で見ると怖い？」

「は？　お前はほんと誰に向かって口利いてんだ」

「いや、エルだけど」

「俺は――――して、――――だぞ」

「うんうん」

　エルの言葉に、謎のもやがかかるのにも大分慣れてきた。彼はその度にかなり苛ついているようだったけれど。

エルの前にことりとティーカップを置くと、わたしは再び図鑑を開いた。長い耳がついたウサギのようなものもいれば、ふわふわもこもこの可愛らしいものもいる。

「でも、可愛い見た目の魔物もいるんだね。なんか倒すのが少し可哀想になっちゃう」

「そんな考えさっさと捨てろ」

「えっ？」

「そういうバカが、真っ先に死ぬんだ」

突然のそんな物騒な言葉と、ひどく真剣な表情をしたエルにどきりとしてしまう。まるで本当に、そのせいで死んだ人を見たことがあるかのような口ぶりだった。

「……ま、お前みたいな能天気なやつに戦闘は向いてない。大人しく家にでも引きこもっとけ」

小馬鹿にしたようにそう言うと、エルはティーカップの中にぽとぽとと何個も角砂糖を落とした。

エルは時々、やけに大人びた表情や物言いをすることがある。普段はクソガキなんて言いながらも、誰よりも子供っぽい言動をしているくせに。

わたしはそんなエルのことを、やっぱり何も知らない。そう思うのと同時に、最近はそれが少し寂しく、そしてもどかしく感じるようになっていた。

◇◇◇

魔法学園の授業はＳクラスだけでなく、ＡＢＣといった他クラスと合同のものもある。大きな教室に集まり、学年全体で受けることもあった。

そんな合同授業が終わり、昼休みが始まった頃。そのまま食堂へと向かおうとしていると、不意に声を掛けられた。

振り返った先にいたのは、上位貴族というオーラが滲み出ている話したこともない他クラスの令嬢だった。その後ろには取り巻きらしき令嬢達もいる。

「ハートフィールド様、少しいいかしら」

「あ、はい」

そしてその雰囲気から、これはよくロマンス小説に出てくるアレだと即座に理解する。

心配そうな表情を浮かべるリネ達に「大丈夫だから先に食堂へ行ってて。あっ、後でお金を払うからＢセットの大盛りも頼んでおいて欲しい」と言うと、わたしは大人しく彼女達の後をついて行ったのだった。

そして辿り着いたのは小説でもよくある校舎裏、ではなく人気《ひとけ》のない階段で。わたしはてっきり、エルのことについて何か言われると思っていたのだけれど。

「あなた、クライド様とはどういう関係なの」

なんとびっくり、クライド様についてだった。わざわざ呼び出されるほど、彼と親密な覚えはない。

「普通にクラスメイトとして、仲良くして頂いています」

「二人で歩いている姿を見たっていう子もいるのよ」

「たまたまお会いして、一緒に散歩をしただけです」

そう答えると、彼女は鼻で笑った。エルに鼻で笑われても何も思わないけれど、なんだかムッとしてしまう。

「貴女には、バーネット様がいるでしょう。それだけでは飽き足らずクライド様に手を出すなんて、噂通りね」

「は？」

「それに貴女のような、醜聞が流れている女性といるのはクライド様のためにもなりません。クライド様には間違いなく、もっとふさわしい相手がいるのですから」

そんな言葉に、わたしは珍しく少し腹が立っていた。

もちろん、自身を悪く言われたからではない。そんなことにはとっくに慣れている。それよりも、クライド様のことを大して知りもしない様子の彼女が勝手に決めつけ、それを他人に押し付けていることが許せなかった。

そしていつの間にか移っていたらしいエルの口癖が思わず口から漏れてしまっていて、内心焦っていた。女の子としてこんな言葉遣いは良くない。気をつけなければ。

「……別に、誰と仲良くしたっていいじゃないですか」

「何ですって？」

「自身が付き合う相手としてふさわしいかどうかの判断くらい、あのクライド様が出来ないはずはないですし。それにわたし達が思っている以上にきっと、クライド様は色々なことに気を遣っていると思うんです。彼のことをよく知りもしない、他人のわたし達が口を出すことじゃありません」

そう答えると、彼女は真っ黒に縁取られた目を見開き、その顔を真っ赤にした。物凄く怒っている。サマンサならすでに、わたしの頬目掛けて右手が飛んできていただろう。

つい言い返してしまったとは言え、ここから面倒なことになってしまいそうだなと、呑気《のんき》に考えていた時だった。

「彼女の言う通りです。友人くらい、自分で選べます」

そんな声に振り向けば、なんとそこにはクライド様その人と、今日はメガネくんも居たのだ。

「それと、僕の大切な友人を悪く言わないでくれないか」

いつも通りの笑顔だけれど、かなりの圧を感じるクライド様の言葉に彼女達は「すみませんでした……！」と言い、走り去っていった。

そしてクライド様は何故かメガネくんに先に戻るよう告げると、わたしに向き直った。

「僕のせいで嫌な思いをさせてしまい、すみません」

「いえ、わたしも出過ぎたことを言ってしまって……」

「そんなことはありません。嬉しかったです」

ああ、でも。と彼は続ける。

「他人、と言われたのは少し寂しかったです。よく知りもしないとも言っていたので、これから知って欲しいなと」

「す、すみません……」

そういや先程彼は、わたしのことを「大切な友人」と言ってくれていた。なんだか照れてしまう。

それからしばらく、クライド様は何故か無言でじっとわたしを見つめていた。エルとはまた違った綺麗な顔だなあなんて思いながら見つめ返していると、彼は小さく笑って。

「やっぱり、君は素敵ですね」

「そうですか？」

「はい。ジゼルを見ていると、好きに生きてみたくなる」

そんなクライド様の言葉の意味は、わたしにはわからなかったけれど。きっと彼は、想像もつかないような苦労や我慢を沢山しているのだろう。

その後は食堂に行くと伝えれば、送ると言ってくれた。そうして並んで歩きながら今日の授業ではあの部分がわからなかった、なんて話をしていたら。

「僕で良ければ今日の放課後にでも、教えましょうか」

「えっ？　いいんですか」

「はい。僕自身、復習にもなりますし」

せっかくなので、お言葉に甘えることにした。リネもわからないと言っていたし、彼女も誘っていいかと尋ねればもちろんだと微笑んでくれた。

クラレンスも誘いますね、と言われ誰だろうと思えば、メガネくんのことだった。とても素敵な名前だ。

「エルにも一瞬、勉強を教えて貰ったことがあるんですが、こうなるからこうだろ、という感じでよくわからなくて」

「彼は本当に天才なんでしょうね。きっと僕達とは考え方も理解の仕方も違う」

「クライド様だって何でも出来る、天才じゃないですか」

「いえ。僕は、努力型ですよ」

そう言い切った彼は一体、どれほどの努力をしているのだろうか。やっぱりクライド様はすごい人だと思いながら、放課後の勉強会に胸を弾ませたのだった。

◇◇◇

「……エル？」

それから、三日が経った。クライド様は驚くほど教え上手で、結局他の教科を含め三日連続、勉強を教えて貰ってしまっていた。リネも喜んでいて、本当に良かった。

一応エルにも声を掛けたけれど「俺にわからないことなんてない」と言い、断られてしまって。

だからこそこの三日間はあまりエルと過ごせなかったな、と思いながら自室へと戻ってきたのだけれど。

なんとわたしのベッドには、彼の姿があった。

「寝てる……？」

そうっと近づけば、彼はすやすやと寝息を立てて眠っているようだった。何もかもが可愛くて、抱きつきたくなるのを堪え、わたしは静かにベッドに腰掛けた。

……もしかしてエルも、わたしに会いたいと思ってくれていたのだろうか。

わたしと全く同じ気持ちだとは、とても思えないけれど。それでも少しくらい、寂しく思ってくれていたのかもしれない。

「ふふ」

じっと、天使のようなその寝顔を見つめる。いつの間にか彼のことを、もう弟だとは思えなくなっていた。双子くらいの気持ちだ。エルがお兄ちゃんは流石にない。

そんなことを一人思いながら、柔らかな銀髪の先に触れてみる。そういや、そろそろ切りたいなんて言っていた記憶がある。わたしはいつも、勿体無いと止めているけれど。

電気をつけないでいたせいか、だんだんと眠たくなってくる。少しだけ寝ようと思いエルから少し離れた所で横になると、あっという間に夢の中へと落ちていった。

「ん、……んえっ、」

目を覚まし、ゆっくりと目を開けた途端。わたしは驚きすぎたあまり、変な声が出てしまった。

「……寝すぎだろ、お前」

鼻と鼻がくっつきそうな距離に、エルの整いすぎた顔があって。彼は呆れたような表情で、そう呟いた。

そしてわたしはがっちりと彼の腕に抱きついたまま、眠ってしまっていたことに気が付く。

「ご、ごめん……！」

飛び起きた後、ベッドにおでこをくっつける勢いで頭を下げた。エルは大きな溜め息を吐くと、ゆっくりと身体を起こし少し寝癖のついた髪を直している。

窓の外はもう真っ暗で、窓ガラス越しに入ってくる街灯の光によってぼんやりと部屋の中が見えるくらいだ。どうやらわたしは、かなりの時間眠ってしまっていたらしい。

……そしてふと、ひとつの疑問が浮かぶ。エルは一体、いつから起きていたのだろう。

寝すぎだろ、と言うくらいだ。ついさっきとかではないはず。そして目が覚めた後もわたしが起きないようにずっと、同じ体勢のままでいてくれたのだとしたら。

心臓が破裂してしまうのではないかというくらい、ぎゅっと締め付けられて。愛しいと嬉しいで、泣きそうになる。

「……エル、大好き」

「あっそ」

「本当に本当に、大好き。それとごめん」

「しつこい」

何度言っても足りないくらい、好きが溢れてくる。出会った頃よりも、エルはずっとずっと優しくなった。

わたしのたった一人の、大切な家族。そんな彼に抱きつこうとすれば、普通に避けられてしまったけれど。

そして何故ここにいたのかは、聞かないでおく。勝手に勘違いをしたまま、幸せな気分でいさせて貰おうと思う。

「ねえ、明日は一緒にカフェにいこう」

「気が向いたら」

「あ、街中のケーキ屋さんにも行くのもいいな。リネから、とっても美味しいタルトがあるお店を聞いたの」

「明日な」

◇◇◇

魔法学園といえど、魔法の授業だけではなく普通の教科の授業もあれば、身体を動かす授業もある。

そんな中、とあるイベントが開催されようとしていた。

「……しょ、障害物競走……全員……リレー……？」

手元のプリントを見ながら、わたしは泣き出したくなっていた。そこには、恐ろしい競技名がずらりと並んでいる。

なんと二週間後、体育祭が行われるらしい。

「ど、どうして魔法学園で運動神経なんかを競うの……」

「一年生のこの時期は、まだ魔法を使いこなせない生徒が多いから、らしいですよ」

たまたま隣に座っていたクライド様が、そう説明してくださった。今日も爽やかな笑顔が眩しい。

どうやら二年生以降は、魔法を使ったイベントが行われるらしい。けれど一年生に関しては、普通の体育祭なのだ。それならば何も開催しなければいいと、ぜひ提案したい。

……そう。わたしは何よりも、運動が苦手だった。

その日の放課後、わたしはエルといつものようにカフェで向かい合って座っていた。飽きずに彼は今日も、タルトをふたつも食べている。見ているだけで胃が重たい。

　隣の席の先輩らしき女子生徒達が、ちらちらとエルを見ては「格好いい」なんて言っているのが聞こえてきて、本人でもないわたしが何故か鼻高々だった。自慢の家族だ。

「玉入れと借り物競走はいいとして、全員リレー……どうして全員で走る必要があるの？　代表リレーもあるのに」

「知らん。だっる」

　出場競技も決まり、わたしはその三つに参加することになってしまっていた。全員リレーが本当に恐ろしい。面倒臭がりなエルもやはり、体育祭には気が乗らないようだった。

「なんで意味もなく、急いで走らなきゃいけないんだよ」

「本当だよ……エルもたまには良いこと言うんだね」

　そう言うと「いつもだろ」と怒られてしまった。

「そう言えばエルって、運動神経はいいの？」

「は？　悪そうに見えんのか」

「い、いえ……」

　確かにエルのすらりとした手足には運動なんてしている気配がないのに、しっかりと筋肉がついているようだった。

　彼は魔法の授業だけでなく、普通の勉強だってかなり出来るのだ。さらりと何でも出来てしまうタイプらしい。いや、出来すぎていると言うべきだろうか。

「しかも練習ほとんどないって……どうしよう……」

「さあ」

「そもそもこんな時期に、全員リレーだなんておかしいと思わない？　お前のせいで負けたみたいになって、ようやく築き上げたクラスメイトとの友情が壊れてしまったらと思うと怖くて、今日から眠れないよ」

「勝手に起きてろ」

そう言うと、エルはわたしのアイスティーを勝手に飲み干してしまった。色々と酷いけれど、好きだ。

◇◇◇

「ジゼル、とっても可愛いです……！」

「本当？　ありがとう」

そしてあっという間に来てしまった、体育祭当日。

わたしはいつも下ろしている髪をポニーテールに結い、気合だけは十分だった。ここまで来たら、とにかく全力でやるしかない。一生懸命やればなんとかなる、なって欲しい。

そしていつも通りエルに挨拶をしようと大好きな銀色に駆け寄ったわたしは、言葉を失った。なんと肩くらいまであった彼の髪が、短くなっていたのだ。

「えっ、エル、髪の毛切っちゃったの」

「ああ」

「ま、まさか少しでも早く走るために……？」

「バカ言うな」

そう言って、おでこを思い切り指で弾かれた。涙目になりながらも、その姿を見つめる。雰囲気が大分変わっていて、格好いい。なんというか、男の人っぽさが増した気がする。

ただの体育着ですら、最高級の服のように見えてきた。

「短いのも格好いいね！　似合ってる」

「当たり前だろ」

「あれ、そんなピアス付けてたっけ？」

「ユーインに作らせた」

その耳には、彼の瞳と同じ色のピアスが輝いている。作らせた、ということは魔道具か何かなのだろうか。あれからエルはユーインさんと、定期的に会っているようだった。

とにかく髪もピアスもとても似合っていて、ひたすらに褒め続ければエルは見るからに機嫌が良くなっていた。

「ジゼル、おはようございます」

「あっ、クライド様。おはようございます」

「その髪型、とても可愛いですね。よく似合っています」

朝から爽やかなクライド様は、笑顔で褒めてくれて流石だと思った。そして今日は無理せず頑張りましょうね、とも声をかけてくれた。ちなみにクラ……メガネくんも一緒だ。

やがてグラウンドに移動することになり、わたしはエルに一緒に行こうと声をかけた。予想通り勝手にしろと言われたので、勝手に彼の隣を歩いていく。

「ねえエル、わたしの髪型も似合ってる？　可愛い？」

「……まあ」

「えっ」

自分から聞いてみたものの、いつものように「知らん」とか「別に」と言われると思っていたのに。驚いて立ち止まってしまったわたしを、もちろん待ってくれるはずはなく。

わたしは慌てて追いかけて、その腕に飛びついた。

「一生、この髪型でいるね！」

「色々と重い」

そんなこんなで、体育祭は幕を開けたのだった。

◇◇◇

体育祭の競技中は、魔法を絶対に使ってはならない決まりになっている。魔法を使ってズルをした場合、即座に退場になるんだとか。

朝一番に行われた玉入れに関しては、とても楽しく平和に終わった。流石のわたしでも玉を拾って投げるくらいはできたし、相手チームにも勝利出来て嬉しかった。

ちなみに総合優勝したクラスには、一ヶ月間のカフェ無料券が配布されるらしい。平民の生徒やわたしにとっては、とてもありがたいアイテムだ。

競技を終え、待機場所にいるエルの下へと駆け寄る。

「わたし、たくさん玉入れたよ！　見ててくれた？」

「いや、全然」

「次はエルの出番だよね、確か二人三脚」

「……まっじでだるい」

そう言って、エルは深い溜め息を吐いた。彼が二人三脚だなんて、なんだか笑えてくる。一体どんな風になるんだろうと、ワクワクしていたら。

「あの、エルヴィス様のペアの生徒が、急に体調が悪くなって救護室にいるそうです。誰か代わりを立てないと」

「じゃ、棄権で」

まさかの展開に、クラス中がどよめく。わたしの足がもっと速く、ついでに同性だったら喜んで代わったのに。

棄権だなんて言い出したエルは無視し、誰が代わりに出るかという話になった時だった。

「僕が、代わりに出てもいいでしょうか」

「えっ」

なんと突然すっと手を上げたのは、クレ……メガネくんだったのだ。驚いたのはわたしだけではないようで、クライド様も形のいい目を大きく見開いている。

そういや、彼が喋っているところをわたしは初めて見た気がした。聞きやすい、透き通るような声だった。

「エルヴィス様、よろしいですか」

「…………まあ」

「ありがとうございます」

エルはじっと睨むようにメガネくんを見つめた末、そう返事をした。もしや彼も、エルの隠れファンなのだろうか。それかただ単に、二人三脚に出たかったのかもしれない。

とにかく無事、エルが出場出来るようで良かった。

「は、速いですね……」

「うん、わたし一人の全力より速いと思う」

そして結局、二人はダントツ一位でゴールしていて。

隣で見ていたリネやクラスメイト達も皆、驚いているようだった。びっくりするほど息がぴったりだったのだ。

そしてメガネくんも、かなり足が速かったらしい。二人三脚なんて少し笑いがある感じかと思っていたけれど、笑うタイミングひとつない完成された走りだった。

戻ってきたエルにタオルを渡せば、汗ひとつかいていなかったものの受け取ってくれた。好きだ。

「エル、お疲れ様！　とっても速かったね。メガネくんも足が速くてびっくりしちゃった」

「……あいつ、」

「えっ？」

「いや、何でもない」

そう言うと、エルは待機場所に設置されていた椅子にどかりと腰掛けた。わたしはその隣に座ると、いつものように適当すぎる相槌を打ってくれる彼に話しかけ続けながら、楽しく競技観戦をしたのだった。

◇◇◇

そして午後。わたし達のクラスは現在一位だ。

この調子なら、と盛り上がるクラスメイト達とは裏腹に、最後に行われる全員リレーのことを思うと吐きそうになっていた。一番配点が高いのだ。

そんな中、わたしの借り物競走での出番がやってきた。

教師による魔法の合図で、少し先にある机に向かって走り出す。足の遅さで出遅れながらも急いで机の上にある箱から紙を取り出し、借りてくるものが書かれたそれを開いた。

「メ、メガネをかけた人……」

これならすぐに見つかるだろうと、辺りを見回す。するとちょうど近くに、メガネくんがいた。彼ならば足も速いしぴったりだと、わたしは彼の下へと駆け寄ると声を掛けた。

「一緒に来てくれませんか！」

「は」

時間がないと焦ってしまったわたしは、返事を待たずに彼の腕を掴み走り出した。けれど競技だとすぐに理解したらしいメガネくんは、何も言わずに一緒に走ってくれ、無事に一位を取ることができた。

ゴールした後そのまま歩き続け、人混みを抜けたわたしはメガネくんにお礼を言おうと立ち止まる。

「本当にありがとうございました。お蔭で助かりま、」

そこまで言ったところで、ずっと彼の腕を掴んでしまっていた手を、思い切り振り払われて。

競技で慌てていたとはいえ、馴れ馴れしく触れてしまったことを謝ろうとした時だった。

「気安く触るな」

「えっ」

分厚いメガネのせいで、その表情は読めない。けれどその態度や声色からは、わたしに対する嫌悪感が滲み出ている。

やがて驚きを隠せずにいるわたしに向かって、彼は吐き捨てるように言った。

「俺は、お前が嫌いなんだ」

そしてメガネくんは、くるりと背を向け歩いて行った。

いくら考えてみても、彼に嫌われるようなことをした覚えはない。とは言え人間なのだ、好き嫌いはある。それなのに競技に付き合わせてしまい、申し訳ない気持ちになった。あと普通にショックだ。

そしてふと、彼の名前は何だっけと考えてみたけれど。不思議なことに一文字も、思い出すことが出来なかった。

◇◇◇

ショックを受けながらも待機場所に戻り、当たり前のようにエルの隣に座れば、彼はわたしの頭に先程渡したタオルをばさりと投げつけてくれて。嬉しくてだいぶ元気が出た。

「ねえエル、わたしメガネくんに嫌われてるみたい」

「だろうな」

「えっ？」

そう言い切るエルに、引っ掛かりを覚える。そんなにメガネくんがわたしを嫌いだというのは、わかりやすかったのだろうか。言われるまで全く気が付かなかった。

「もしかして、メガネくんと知り合いなの？」

「さあ」

そんな曖昧な返事をすると、エルは立ち上がった。彼の次の出場競技である、選抜リレーがそろそろ始まるらしい。クラスの代表五人が走り、かなり盛り上がるんだとか。

Sクラスからはエルやクライド様、そしてやっぱりメガネくんらが出ることになっている。結果、ダントツ一位でクラスは大いに盛りがった。エルは涼しげな顔をしながらもびっくりするくらいに足が速く、本当に格好よかった。

「バーネット様、とても素敵ですね！」

「うん！」

リネや他の女の子達も、きゃあきゃあとはしゃいでいる。

やがて遠目にこちらへと戻ってくるエルを見ていると、途中で可愛らしい女の子達からタオルや飲み物を差し出されていた。けれど彼は受け取りもせず、戻ってきていて。

「あー、だる」

そしてわたしの隣に座ると、彼は手を差し出してきた。一体何を求められているのかわからず、首を傾げる。

「…………？」

「タオルと水に決まってんだろ」

「えっ、あ、わかった」

先程は断っていたから、てっきりいらないのかと思っていた。慌てて新しいものを用意し、エルに手渡す。とはいえ彼は、汗も全くかいていないようだった。

「エル、凄かった！　本当に運動神経いいんだね」

「あんなの、一ミリも本気出してない」

「えっ、あれで」

「出しても意味ねえだろ」

そして「甘い物が食べたい」なんて言うものだから、終わったらカフェに行こうと約束した。

◇◇◇

そしていよいよ、最後の全員リレーがやってきた。

この時点で二位のクラスとは僅差で、リレーで一位さえ取れればこのまま優勝、という吐きそうになるくらいの展開に、わたしは今すぐ棄権したくなっていた。エルのことをもう何も言えない。

順番は事前にくじ引きで適当に決めてあり、わたしは最後から六番目だ。まだ巻き返しのきく前半の方が良かった。ちなみにわたしの次はリネだった。

他クラスとの人数調節のため一人だけ出場せずに済むことになり、選抜リレーも出たエルに決まった。彼が絶対「俺は出ない」と言い切り、優しいクラスメイト達は皆どうぞと譲ったのだ。

「……ほ、本当に、緊張して死にそう」

「気にしすぎだろ」

いざリレーが始まると総合二位のクラスとは接戦で、どんどんとわたしの吐き気が悪化していく。

そしていよいよ自身の番が来て、バトンを受け取り走り出したのだけれど。

「……っきゃ、」

なんとすぐ後ろにいた二番手のクラスの女の子が躓き、わたしを巻き込んで転んでしまったのだ。

幸い少し膝を擦《す》り剝《む》いただけで、痛みは大したことはない。

「大丈、……え、」

わたしはすぐに女の子に大丈夫？と声をかけたものの、彼女はそんなわたしを無視して再び走り始めた。勝負の世界、非情すぎる。

慌てて走り出したものの、気が付けば一位の彼女とは結構な差が出来ていて泣きたくなった。わたしのせいで、負けてしまうかもしれない。

少しだけ視界がぼやけながらも必死に走り続けた先には何故か、リネではなく、エルがいて。

「本当、お人好しバカだな」

訳もわからず、呆れたようにそう言った彼が差し出した手にバトンを渡す。どうしてエルが、ここにいるのだろう。

呆然としながら、走り出した彼を見つめているわたしの下にリネがすぐに駆け寄ってきて、興奮気味に話してくれた。

「バーネット様が突然、代われって言ってくださったんです」

「え、」

「あいつがこの後、自分のせいで負けたとか言ってへこんでいたら面倒だからって。か、格好よすぎます……！」

「……うそ」

そんな信じられない言葉を聞きながら、エルの姿を見つめる。結果、彼は他クラスを追い抜き一位に躍り出たうえ、差をつけて次の人にバトンを渡していて。

いつの間にかわたしの心臓は痛いくらいに早鐘を打ち、悲しくもないのに泣きたくなっていた。

「バーネット様、本当に本当に、素敵ですね……！」

「うん」

あんなに面倒だって、だるいって言っていたのに。わたしのためだけに、エルはリネと代わってくれたのだ。

「あー、つっかれた。暑い。だるい」

やがてわたし達の下へと戻ってきたエルは、かなり汗をかいていて。先程のリレーの後の様子とは、全然違う。

そのまま彼はどかりと地面に座ると「水」と言い、わたしは慌てて水を持ってきて渡した。

エルはそれを一気に飲み干すと「久しぶりに水、美味い」なんて言うものだから。

なんとか泣かないようにと我慢していたけれど、懐かしい気持ちにまで背中を押されてしまったわたしは、あっさりと我慢の限界を超え子供のように泣き出していた。

「エル、っ本当に、ありがとう……」

「なんで泣いてんの、お前」

「う、嬉しくて……あと、大好き……」

「あっそ」

ぐずぐずと泣き続けるわたしに、エルは「さっさと足でも治せ」とまで言ってくれた。予想を超えたエルの優しさの連続に、涙が止まらない。本当に、大好きで仕方がなかった。

自身の膝のことなど忘れていたけれど、少しだけ血も流れていてすぐに魔法で治した。やがて無

事にSクラスは一位でゴールし、クラスメイト達が一気に沸き立つ。

　そんな中、エルにしがみついて泣き続けていたわたしは、いつもとは少しだけ違う胸の苦しさを覚えていた。

「……なんか、心臓が痛い」

「走ったからだろ」

「あ、そっか」

いちばんに思い浮かぶのは

「ジゼルさんと二人きりで出掛けたなんて知ったら、エルヴィスに怒られてしまいますね」

「そんなことはないかと……」

ふわりと花のように笑うと、ユーインさんは優雅な手つきでティーカップに口をつけた。

何故かわたしは今、王都の街中のお洒落《しゃれ》なカフェで彼と二人で向かい合い、お茶を飲んでいる。

そして好きなだけ食べてください、と言った彼が次々と注文したことにより、食べ切れるか不安なくらいの量のスイーツがテーブルにずらりと並んでいた。

「いえ、絶対に怒ると思いますよ。反応が楽しみです」

人のよさそうな笑みを浮かべ、そんなことを言ってのける彼が一体何を考えているのかわからない。けれど、エルはそんなことでは怒らないと思う。


授業が休みである今日、暇だなあと一人自室でのんびりしていると、突然コンコンと窓を叩く音がして。エルならば勝手に入ってくるはずだしと恐る恐る窓を開けたところ、そこにはなんとユーインさんがいたのだ。
　そしてわたしと話がしたいと言う彼の誘いを受け、今に至る。エルは誘わないのかと尋ねると、二人きりで話をしたいとのことだった。ちなみにユーインさんの魔法で、一瞬で街中まで移動できて驚いた。転移魔法は初めて体験したけれど、本当にすごい。

「実はマーゴット様と、体育祭の様子も見ていたんですよ。ああ、マーゴット様というのは私達の師匠です。それにしてもエルヴィスが、貴女のために走った時には本当に驚きました」

「そ、そうなんですか……？」

「はい。それを見たマーゴット様なんて顔を両手で覆ったあと、姿が見えなくなりましたし」

　まさかあの光景を見ていたなんて、と驚いてしまう。

「普段エルヴィスが大変お世話になっているので、貴女には何かお礼をしたいと思っているんです」

「そんな、お礼なんていりません。わたしこそ、エルが一緒にいてくれるだけで幸せなので」

「……本当に、エルヴィスは幸せ者ですね。ジゼルさんさえ良ければ、マーゴット様にもいずれ会って頂きたいです」

「はい、わたしで良ければ」

　エルやユーインさんの、師匠。エルはクソババアなんて言っていたけれど、一体どんな方なんだろう。

　エルは呪いをかけられたと言っていたけれど、ユーインさんの話を聞く限り、マーゴット様という方は彼のことをとても気にかけているようだし、よくわからない。

「食べた後は買い物に行きましょう。何かプレゼントでもして帰らないと、私が怒られてしまいますから」

「では、お言葉に甘えて食べちゃいますね。とっても美味しそうですけど、ユーインさんは食べないんですか？」

「私もですか？」

「はい。一緒に食べた方が、絶対に美味しいですから」

　そう言うと、彼はやっぱり柔らかく目を細めて笑って。一緒に食べましょうか、とフォークを手に取った。

◇◇◇

「本当に、何も欲しい物はないんですか？」

「はい」

「アクセサリーやドレスなど、何でも大丈夫ですよ。こう見えても、お金は持っているので」

　お腹がいっぱいになるまでご馳走になりカフェを出た後、ユーインさんはそう言ってくれたけれど。欲しいものなんて本当に何も思いつかない。

最低限のものを買うお金はまだ残っているし、と悩みに悩んだわたしはふと、ひとつだけ欲しいものを思いついた。

「あの、この先にエルの好きなお菓子屋さんがあるんです。そこでお菓子を買っていただけませんか」

「…………」

「ユーインさん？」

「……すみません、少し驚いてしまって。貴女は本当に、エルヴィスを一番に思ってくれているんですね」

そう言って微笑むと、ユーインさんはわたしに手を差し出してくれた。なんだか少しだけ恥ずかしいけれど、その手を取り二人でお菓子屋さんに向かう。

そこで店員も驚くほどたくさんのお菓子を買ったユーインさんは、それらを魔法でどこかへ仕舞った。便利すぎる。

「ジゼルさん、ここも見て行きませんか？」

「えっ」

彼が指差したのは、その隣にある高級そうなジュエリーショップだった。わたしには縁のなさそうなお店だ。

ここは大丈夫です、と言っても彼はわたしの手を取り中へと入っていく。そして結局、とても綺麗なヘアアクセサリーを買ってもらってしまった。

「よく似合っていますよ」

「ありがとう、ございます……」

ユーインさんは早速髪に着けてくれたけれど、高価な物に慣れていないわたしはなんだか落ち着かない。やっぱり返そうかなんて悩んでいると、そろそろ戻りましょうかと声を掛けられた。

「たくさんのお土産を渡すためにも、まずはエルヴィスのところに行かないとですね」

そう言ってユーインさんはわたしの手を取り、人気《ひとけ》のない路地に移動した。そして行きと同じように「手を離さないように」と彼が言った数秒後、浮遊感に包まれて。

次の瞬間には、目の前の景色が変わっていた。

「は？」

「えっ」

気が付けば目の前には、ぽかんとした表情を浮かべソファに腰掛けているエルの姿があった。なんと直接、エルの部屋の中に移動したらしい。絶対に他に方法はあったと思う。

「こんにちは、エルヴィス。お邪魔します」

初めて入ったエルの部屋は物が少なく整頓されていて、男の子の部屋という感じがする。

不可抗力とは言え勝手に入って来てしまったことを謝ろうとすると、不意に耳元でユーインさんが「ほら、怒っているでしょう？」と囁《ささや》いて。

まさかそんなはずは、と再びエルへと視線を向ければ、彼は見るからに不機嫌な表情を浮かべていた。

「お前、そいつとなにしてんの」

……あれ？　何故か、ユーインさんの言う通りエルは怒っている。

とにかく何をしていると尋ねられているのだ、ありのまま正直に話そうとわたしは口を開いた。

「ええと、ユーインさんと街に行ってきたの」

「は？」

「それでカフェに行って、お買いも」

「ふざけんな」

エルはわたしの言葉を遮るようにそう言うと、ずかずかとこちらへやって来て、移動のためにユーインさんと繋いだままだった手を思い切り引き剥がした。

「こいつに触るな、病気になる」

「ええっ」

「ジゼルさん、なりませんよ。エルヴィスは酷いですね」

困ったように笑うユーインさんとわたしの間に入ると、エルはそのままわたしの腕を引いて歩き、ユーインさんがいる位置から一番遠いベッドの上に座らせた。

やがてその視線が、わたしの頭部で止まる。

「……お前、こんなの持ってなかったよな」

「それはさっき、ユーインさんに」

「本当にクソバカだな、お前は」

「えっ」

そう言うとエルはわたしの髪からアクセサリーを取り、ユーインさんに向かってぶん投げた。わたしの数年分のお小遣いの値段のものに、なんてことを。

ユーインさんはそれを器用にキャッチすると、かなり失礼なことをされているにも拘わらず、何故か満足気に微笑んでいる。

「そんなもんババアにでもやれ、少しは若作りになるだろ」

「怒っている、小さなエルヴィスも可愛いですね」

「俺に舐めた口利けるのも今だけだからな、覚えとけよ」

「はいはい、すみません」

にこにこと笑みを浮かべているユーインさんは、やけに楽しそうだ。エルはかなり苛立っている様子だけれど。

「あの、ユーインさん、なんだかすみません」

「大丈夫ですよ。最初からこうなると思っていましたから」

「えっ」

やっぱり、ユーインさんという人はよくわからない。

「お土産、置いておきますね」

「あっ、本当にありがとうございます」

そう言うと、彼はどこからか先ほど買った大量のお菓子を出し、テーブルの上にどさりと置いた。こう見ると、小さなお店を開けるくらいのすごい量だ。

やがてユーインさんはひどく穏やかな表情を浮かべると、まるで子供をあやすようにエルに話しかけた。

「エルヴィス、ジゼルさんを大切にするんですよ」

「は？　何だよ急に」

「きっとこんなに貴方を思ってくれる素敵な人は、私達の長い人生の中でも滅多に現れません。羨ましいくらいです」

「…………」

「また遊びに来ますね」

「二度と来るな」

それでは、と言うと彼はあっという間に姿を消した。相変わらず、マイペースな人だと思う。先程のユーインさんの言葉の意味はよくわからなかったけれど、わたしのことを褒めてくれているのは伝わってきて、なんだか嬉しくなった。

　とは言え、部屋に残されたわたし達二人の間には、なんとも言えない気まずさが漂っている。

　やがて大きな溜め息を吐き、わたしから少し離れたベッド上に寝転がったエルに恐る恐る声を掛けた。

「……エル、怒ってる？」

「は、なんで俺が怒る必要があるんだよ。バカ、アホ」

「絶対怒ってる」

「怒ってねえ」

「怒ってる」

「しつこい、マヌケ」

　どう見ても怒っている。それでもエルは頑《かたく》なに怒っていないと言い張った。自分の知人同士が、何も言わずに出掛けたのが気に障ったのかもしれない。わたしが彼の立場だったとしたら、何だか置いていかれたような気分になるだろう。

　とにかく、わたしのせいで気分を悪くしたことに変わりはないのだ。ひたすら下手に出て謝ることにした。

「エル、ごめんね。エルの好きなお菓子、ユーインさんがたくさん買ってくれたんだよ。一緒に食べよう」

「…………」

「本当にごめんね、これからは勝手にユーインさんと二人で出掛けないようにする。エル、大好き。仲良くしたいな」

「…………ナッツクッキー」

「うん、わかった！　とって来るね」

どうやら少しは、機嫌が直ったらしい。わたしは急いでナッツクッキーを取って来ると、寝転がったまま食べようとするエルの身体を引っ張り起こしたのだった。

◇◇◇

それから二人でお喋りをしながらお菓子を食べて、二時間ほどが経った。エルといると、自分でも驚くくらいに次々と口から言葉が出てきて、時間があっという間に過ぎていく。

「そういえば、エルの部屋って初めて来た」

「だろうな」

「うん、わたしじゃこっそり入ってこれないし。ていうか、どうやって帰ろう……ここ四階だよね」

「後で窓から下ろしてやる」

「ありがとう！」

後で下ろしてやる、ということはつまり、まだ此処に居てもいいということだ。

嬉しくなってエルに飛びつこうとしたところ、足が引っかかりテーブルがひっくり返った。その上、ひっくり返ったテーブルがぶつかり、棚が倒れた。なんと一瞬で、部屋の中がめちゃくちゃになる大惨事が起きてしまったのだ。

そして気が付けば、わたしがエルを押し倒すような体勢にもなっていた。こんなベタなことがあるだろうか。

宝石のような瞳に映る、間の抜けた顔をした自分と目が合う。本当に彼の目は綺麗で、吸い込まれてしまいそうだ。

正直、めちゃくちゃになった部屋を思うと、そんなことを呑気に考えている場合ではないのだけれど。エルもまた、じっとわたしの顔を見つめている。

そんな時、不意に大きな音を立ててドアが開いて。

「エルヴィス様！　物凄い音がしましたがなに……か……」

そう言って物凄い勢いで部屋の中に飛び込んできたのは、なんとメガネくんだった。

――どうして、メガネくんがエルの部屋に。

彼はひどく驚いた様子だったけれど、やがてハッとしたような表情を浮かべた後、わたしを思いきり睨みつけた。

「ジゼル・ハートフィールド！　貴様！　早く離れろ！」

「えっ」

「エルヴィス様を、お、襲うなど……！　この痴女め！」

「ち、ちじょ……」

　エルを押し倒してしまっているわたしに、彼はそんなことを言ってのけた。確かにこの状況では、襲っていると思われてもおかしくはない。とにかく誤解を解かなくては。

「あの、違うんです、これは」

「言い訳など聞くものか！　いくらエルヴィス様が美しく賢く強く気高くこの世で最も素晴らしい神のようなお方だからと言って、こんなことは許されないんだからな！」

「ええっ……」

　けれど彼は全く、聞く耳を持ってくれない。その上怖いくらいにエルのことを褒めていて、やはり彼はエルのファンだったらしい。

「……クラレンス、黙れ」

　エルがそう言った瞬間、ひたすらわたしを責め立てていたメガネくんは、ぴたりと黙った。

　やがてエルが突然身体を起こしたことで、わたしはぼふりと彼の胸元に倒れ込む。そんなわたしを、エルは片手でしっかりと支えてくれた。なんだかとても格好いい動きだ。

「お前は昔からうるさいんだよ」

「す、すみません」

「それと、いちいち勝手に入ってくるな」

「すみません！　今のエルヴィス様は心配なもので……！」

「余計なお世話だ、バカ」

メガネくんは驚くほどエルに対して腰が低く、何度も頭を下げて謝っている。そもそも全てわたしが悪いのだ。まずはこの部屋をなんとかしなければと、エルに声をかけた。

「エル、本当にごめんね。部屋をこんなにして、あんな体勢になっちゃって……今から片付けるから、」

「いい」

「えっ？」

「こういうのはこいつが得意だからな。おい」

「はい！　ただ今！」

そう言うとメガネくんは、めちゃくちゃになっている部屋の中に左手をかざす。するとあっという間に元通りになっていて、わたしは驚きで声も出なかった。

何かを元に戻す魔法は、難易度が高いと聞いている。だからこそ彼が、かなりの魔法の使い手だということが窺《うかが》える。

「すみません、ありがとうございます」

「お前のためではない、俺に話しかけるな」

「あっ、すみません」

わたし、嫌われすぎではないだろうか。そして彼の得意魔法を知っているということは、やはり二人は元々の知り合いだったらしい。

「エル、やっぱりメガネくんと知り合いだったんだね」

「……このバカは、俺が――の、――だ」

けれどやっぱり、全然わからなかった。

◇◇◇

話せる範囲で色々と聞いてみたところ、どうやら二人はかなり昔からの知り合いらしい。そしてメガネくんがエルのことを大好きなのも、怖いくらいに伝わってきた。

「お前、早く王子のとこ戻れよ」

「今は安全な場所で休まれているので、大丈夫です」

「…………？」

クライド様といつも一緒にいるし、今どこで何をしてるかを把握するほど仲が良いのかなんて思っていると、エルが「こいつはあの王子の護衛なんだよ」と教えてくれた。

「えっ」

「エ、エルヴィス様、それを話されては、」

　どうやらわたしが聞いてはいけなかったことらしく、メガネくんはひどく慌てた様子を見せたけれど。

「こいつは誰にも言わない」

　エルはころんとキャンディを口に放り込むと、当たり前のようにそう言い切った。

　それと同時に、エルがそんなにもわたしを信用してくれているのだと思うと、嬉しさが込み上げてくる。秘密を勝手に話すのは、もちろん良くないとは思うけれど。

　思わず抱きつきたくなったものの、先程の悲惨な状況を思い出し「大好き！」と叫ぶだけにしておく。するとメガネくんにすかさず「俺の方が好きだ！」と怒られてしまった。

　それにしても王子の護衛だなんて驚いた。あのクライド様の護衛に抜擢されるくらいだ、かなりの実力者なのだろう。

「同い年で、そんなお仕事を任される方がいるなんて……」

「は？　誰がお前と同、」

　そこまで言いかけて、メガネくんは慌てて口を噤んだ。一体何を言おうとしたのだろうか。

「いいからクラレンス、お前はさっさと出てけ」

「わかりました……また来てもいいですか……？」

「二度と来るな」

はっきりとエルにそう言われたメガネくんは、とぼとぼと部屋を後にした。

その背中があまりにも切なくて、そんなに冷たくしては可哀想だと言ったら「あのバカは毎日何かしらの理由をつけてこの部屋に来てんだよ、これでも足りないくらいだ」と返された。メガネくん、めげないにも程がある。

「……そういえばメガネくんの名前、全然覚えられないんだよね。なんでだろう」

「お前のことが嫌いで関わりたくないから、認識を阻害する魔法をかけてるんだよ。そもそもあのだっせえメガネも、元の顔とは全く違うように見える魔法がかかってるしな」

「そ、そうなんだ……」

メガネくんの素顔は少しだけ気になる。そして彼は本当に、わたしのことが嫌いらしい。再び悲しくなってきたわたしは、ふと思い出した楽しい話題を振ることにした。

「あ、そういえばリネから聞いたんだけど、来月末は校外学習があるんだって。毎年、博物館と神殿に見学に行くらしいよ。わたしは両方行ったことがないから、すごく楽しみ」

「……ふうん」

けれどエルは、興味なさそうにそう呟くだけで。

「エルは楽しみじゃないの？」

「俺は行かない」

「どうして？　わたし、エルと一緒に行きたいのに」

そう尋ねれば、彼は深い溜め息を吐いた。

「……俺は、神殿に入れないんだ」

「えっ？」

入れないとは、一体どういう事なのだろう。とても気になったけれど、エルがそれ以上教えてくれることはなかった。

落ち着かない距離

六月に入り、夏が近づいてきた今日この頃。大きなテストを数日後に控えたわたしは放課後、リネやエル、クライド様、そしてメガネくんと共に教室で勉強していた。

とは言え、エルは「勉強なんてする必要がない」と言ってお菓子を摘みながら、一人読書をしているだけだけれど。それでも、一緒に教室に残ってくれただけで嬉しい。

ちなみにメガネくんはクライド様と一緒にいる時は、わたしに対しても普通のクラスメイトとして、当たり障りない態度をとっている。仕事モードなのだろうか。

「ジゼルは本当に、理解が早いですね」

「いえ、クライド様の教え方がわかりやすいからです」

最近は苦手も大分克服してきていて、この調子ならいい結果を残せる気がする。

ちなみに、上位総合三十位までは廊下に名前が張り出されるらしく、わたしはそれを目標としていた。

「クライド様はきっと、一位ですね」

「まだわかりませんよ」

「どの教科も完璧ですもん、絶対にそうです。それにいつもこうして勉強を教えて頂いていて、申し訳なくて……」

何かお礼をしたいのですが、と付け加えれば「ああ、そうだ」と彼は何かを思いついたように微笑んだ。

「では一番をとったら、僕とデートしてくれませんか」

「えっ」

予想外の言葉に、驚きの声が漏れる。それはわたしだけではなかったようで、近くにいたリネやメガネくんですら驚いたような表情を浮かべ、クライド様を見つめていた。

視界の端にいたエルだけは、いつもと変わらず涼しげな表情で本に目を落としているままだ。

「駄目ですか？」

「い、いえ……そんなことは」

「良かった。お蔭で頑張れそうです」

クライド様は嬉しそうに微笑み、再び教科書に視線を落とす。わたしはそんな彼の横顔を見つめながら、何だか落ち着かない気持ちになっていたのだった。

◇◇◇

「……ねえエル、デートって何をするんだろう」

「知るか」

「それにしても、クライド様も趣味が悪いな」

「何でお前がいるんだよ」

翌日。エルに連れてきてもらい、わたしは男子寮の彼の部屋で勉強していたのだけれど。いつの間にかメガネくんも交ざっていて、さりげなく失礼なことを言っている。

「まあ良い。クライド様が一位をとるだろうしお前はデートでも何でもして、たまにはエルヴィス様から離れろ」

「…………」

「クライド様は出来たお方だ。お前には間違いなく釣り合わないが、子供同士気も合うだろう」

メガネくんはそう言うと、小馬鹿にするようにフフンと笑った。その上、子供同士だなんて変な言い方だ。

「そもそも、お前はいつまでもエルヴィス様にくっ付いてないで少しは自立しろ。度が過ぎている」

「えっ」

「お前、異常だぞ。まあ、お前みたいなタイプは好きな男でも出来ればコロッと変わるだろうけどな」

「ど、度が過ぎている……異常……」

そんなメガネくんの言葉に、わたしは頭を思い切り殴られたような衝撃を受けていた。そう言われるまで、自分では全く気が付いていなかったのだ。

……けれど彼の言う通り、確かにわたしはエルに少し寄りかかりすぎているのかもしれない。何をするにもエルのことを考え、エルを中心に生きているのは間違いなかった。

家族だからと思っていたけれど、母に対してこうだったかと言えば絶対に違う。そう考え始めると、度が過ぎている気しかしない。もしやエルにも負担になっているのかもしれないと、わたしは焦り始めていた。

「き、気をつけます……」

「ああ。クライド様と仲良くな」

わたしの言葉に、メガネくんは満足げに微笑んだ。彼に笑顔を向けられたのは初めてな気がする。

「それにクライド様も俺が見ている限り、割と本気で」

「うるさい、失せろ」

エルはいきなりメガネくんの言葉を遮るようにそう言うと、風魔法でメガネくんを部屋から吹き飛ばし、思い切りドアを閉めた。今のは絶対に痛いと思う。

突然のことに、わたしは戸惑いを隠せない。

「エ、エル……？」

「お前も、バカじゃねえの」

「えっ？」

「むかつく」

エルはかなり苛立っている様子で、睨むようにじっとこちらを見つめている。

「な、何がむかつくの？」

「全部」

そして訳がわからないまま、わたしもふわりと窓から追い出されてしまったのだった。


数日後。無事に全てのテストを終えたわたしは、リネと共に廊下に張り出された結果を見に来ていた。

ちなみにあれからエルとは、あまり話せていない。放課後になると、彼はすぐに教室を出て行ってしまうのだ。とにかくテストも終わったことだし、今日こそは彼をカフェに誘ってお喋りをしたいなあなんて思っていた。

やがてわたしは自身の名前を二十八位と書かれた文字の下に見つけ、安堵する。リネは十九位で、二人で頑張って良かった、お疲れ様会をしようねと抱き合った。

「あ、そうだ」

一応、クライド様の一位を見ておこうと、そのまま順位の高い方へと視線をずらしていく。

そして一番端にあった名前を確認した瞬間、わたしの口からは「えっ」と驚きの声が漏れた。

「……エルヴィス・バーネット」

なんと一位はクライド様ではなく、エルだったからだ。

◇◇◇

とにかくエルにすごいね、おめでとうと言いたくて、早足で教室へと戻ったけれど、彼の姿はなくて。

きっと、いつものようにお菓子でも買いに行っているのだろう。リネと別れたわたしは、エルの席に座り彼が戻ってくるのを待つことにした。

「……遅いなあ」

いつまで経っても、戻ってくる気配はない。あまりにも暇だったわたしは机からはみ出していた彼の教科書を借り、テストの復習でもしていようと思ったのだけれど。

「あれ？」

ぱらぱらとめくっていると以前見たときには真っ白だった教科書には、エルの字でいくつも書き込みがあって。彼が勉強をしたという確かな形跡が、そこにはあった。

あんなに勉強する必要はないと言っていたのに、一体どういう風の吹き回しだろうか。

エルは元々魔法に関する知識は完璧だけれど、普通の教科に関しては何もしなくともかなり出来る、というレベルだったのだ。勉強したのなら、一位になってもおかしくはない。

「ジゼル」

そんな中、不意に背中越しに名前を呼ばれたわたしは、なんとなく慌てて教科書を閉じる。

振り返った先には、クライド様とメガネくんがいた。

「……すみません。自分からあんなお願いをしておきながら、一位を取れませんでした。本当に残念です」

「は、はい」

悲しげな表情を浮かべるクライド様は、本当に残念がっているようだった。何だか申し訳ない気持ちになってしまう。

「けれど彼のお蔭で、今まで以上に頑張れそうです」

「えっ？」

「僕はこう見えて、とても負けず嫌いなんですよ」

そう言って微笑んだクライド様は「また誘いますね」と言うと、自席へ戻って行った。

その後ろにいたメガネくんは小さな子供ならば泣いてしまうであろう、とても恐ろしい顔でわたしを睨みつけながら去って行った。わたしは何もしていない。

「……エル、遅いなあ」

そして結局、授業が始まってもエルは戻って来なかった。

◇◇◇

放課後。学園中を捜しても姿はなく、寮にいると確信したわたしは彼の部屋の窓下から呼んでみることにした。

「エル――!! エ――――ルヴィ――スく――――ん!!」

「…………うるさ」

それを数回繰り返すとやがて窓がガラリと開き、寝癖まみれで不機嫌そうな表情のエルがひょっこりと顔を出した。

彼は眠たそうに細めた目でわたしの周りに誰もいないのを確認すると、ふわりと風魔法で部屋まで運んでくれたけれど。すぐに再び、布団の中に潜り込んでしまう。

少しだけ髪の毛がはみ出しているのが、何だか可愛い。やがて布団をかぶったまま「何しにきた」と尋ねられた。

「最近エルとあまり話せてなかったから、会いたくて」

「あっそ」

「いつもすぐ帰っちゃうんだもん。寂しかった」

「…………」

「あっ、やっぱりメガネくんの言ってた通り、わたしの距離感なんかおかしい？　迷惑だったら、」

ふとメガネくんの言葉を思い出し、慌ててそう言えば「クソバカ」と言われてしまった。

「俺は、迷惑だなんて一言も言ってない」

「本当に？」

「ん」

「よ、良かった……」

正直、迷惑だと言われたらもう立ち直れなかったかもしれない。ほっとしたわたしはベッドの上のエルの近くに腰掛け、布団越しにつんつんと彼をつついてみた。

「エル、なんで午後の授業はいなかったの？」

「……少し寝ようとしたら、ずっと寝てた。あとつつくな」

いつも寝てばかりいるエルだけれど、昼休みまで寝ようとするなんて珍しい。寝不足だったのだろうかと考えたわたしは、ふと気が付いてしまった。

「もしかして、徹夜で勉強したの？」

「は？」

そう言うと、エルはがばっと布団から顔を出した。

「なんで、そう思った」

「えっ？　机にあった教科書ちょっと借りたら、書き込みしてあったし、エル、一位だったし」

「………別に、暇だったから少しだけしてみただけだ。俺がそんなことで徹夜なんてするわけないだろ、バカ」

なんだか物凄く怪しい。けれど、エルが素直じゃないのはいつものことだ。なぜ急に勉強しようと思ったのかはわからないけれど、とても良い変化だと嬉しくなる。

「すごいよ、あれから数日勉強しただけで一番を取れちゃうんだもん！　本当にエルはすごいね！」

「当たり前だろ」

エルはそう言うと突然布団から手を出し、わたしの腕を掴むと、ぐいと引き寄せた。

鼻と鼻が、くっつきそうな距離まで顔が近づく。

「俺は、何でも一番がいいんだよ」

ふたつの深い青色に捉えられたわたしはしばらく息をするのも忘れ、彼を見つめ返していたけれど。やがてその言葉の意味を理解したわたしは、いたく感動していた。

あんなにもだるそうで面倒くさがりだったエルが一番がいいだなんて、とてつもないやる気を見せているのだから。

「そっか。エル、偉いね。頑張りやさんだね！」

「は？」

「わたしも負けないように、魔法も勉強も頑張らないと」

「…………お前、本当にクソバカだな」

「えっ」

エルは呆れたように呟くと、わたしからパッと手を離して寝返りを打ち、背を向けた。

わたしは「なんでバカなの？」と尋ねつつ、その背中にのしかかった。重いなんて言いながらも、離れろとは言わないところも大好きだと今日もしみじみ思う。

「あいつ、どうなった」

「あいつ？」

「あの悪趣味王子」

クライド様のことだろう。不敬すぎる上にわたしにも失礼だ。けれどいつものことだしと、何も言わないでおく。

クライド様とのデートが無くなったことを伝えれば、エルはやっぱりいつもの様に鼻で笑った。

「へえ、残念だったな」

◇◇◇

「エ、エル……！　夏休み、リネのお家に遊びに来てって言われちゃった！　どうしよう、嬉しい、どうしよう」

「どうもしねえよ」

月末に行われる校外学習を終えれば、あっという間に二ヶ月近くもある夏休みがやって来る。

その間、ハートフィールド家に戻らなければいけないのかとヒヤヒヤしたけれど、帰省出来ない生徒も少なくないようで、残りたい生徒は寮で過ごしても良いということだった。

二ヶ月間、エルと何をしようかなと考えていたところ、なんとリネが家に遊びに来ないかと誘ってくれたのだ。彼女の家はここからはわりと離れた、第二都市にあるらしい。

一週間でも二週間でも是非泊まっていって欲しいと言ってくれて、嬉しくなる。友人の家にお呼ばれするなんて初めてだ。リネの家は平民だけれどお金持ちのようで、部屋もいくらでもあるからエルも一緒に、とまで言ってくれた。

「エルも絶対、一緒に行こうね！」

「遠いしだるい」

「お菓子を沢山持って行って、お喋りしてたらすぐだよ」

お土産も持って行かなきゃと浮かれながらも、わたしは現在てきぱきと自室の掃除をしていた。

エルは相変わらずベッドに転がっていて、つまらなそうにわたしを眺めている。

「お前、それも持って来てたのかよ。きも」

「宝物だもん、当たり前でしょ」

そう言ってエルが指差したのは『やさしい大魔法使い』の絵本だった。きも、とは相変わらず失礼だ。

掃除もキリのいいところまで終わったしと、わたしは休憩がてら絵本を持ち寝転がっているエルの下へと移動した。

「読み聞かせてあげよっか、もう暗記もしてるんだよ」

「なら読むな、捨てろ」

「ひどい！」

この絵本のことになると、やけにエルは手厳しい。

けれどそんなのはもう慣れっこで、わたしはそっと絵本を開く。あの家で暮らし、エルに出会う前は毎日のように読んでいたけれど、魔法学園に来てからは初めてだ。

ゆっくりと、ボロボロのページをめくっていく。

「大魔法使い様の髪の毛って、この国の男の人では珍しく長いよね。白髪も珍しいし」

「ふざけんな、銀髪だ」

「えっ！　そ、そうなの……？」

絵本では白っぽく描かれていてわからなかったけれど、どうやら銀髪だったらしい。幼い頃からずっと白だと思っていたわたしには、かなりの衝撃だった。

そしてエルは何故か、相変わらずとても詳しい。やはり照れているだけで、大魔法使い様のファンなのかもしれない。

「大魔法使い様も素敵だけど、お姫様も可愛いね。やっぱりこういう、女の子らしいタイプが好みなのかな？」

「別に」

「それは流石に、エルの意見でしょ」

そう言うと何故か、鼻で笑われてしまった。

それからもページをめくり続けたわたしは、ずっと気になっていた部分で手を止めた。やけに詳しいエルならば知っているかもしれないと、尋ねてみる。

「ねえエル、この黒いのって何か知ってる？　魔物図鑑にもこんなのいなかったけど」

後半で大魔法使い様が倒している、黒い大きな化け物みたいなもの。子供ながらにひどく怖かったのを覚えている。

「…………」

「エル？」

けれど、何の返事もない。不思議に思ってエルへと視線を移せば、彼はふいとわたしから顔を背けた。

「…………知らん」

そしてそう呟くと、「気分が悪くなった」なんて言い、わたしのベッドで昼寝を始めてしまったのだった。

◇◇◇

「わあ、すごい……！」

それからあっという間に時は流れ、校外学習当日。

博物館を見学し終えたわたし達は、神殿へとやってきていた。博物館だけでも一緒にと誘ったけれど、エルは面倒だと言って来てくれなかった。

神殿の敷地内には真っ白な大きな建物が連なり、あちらこちらには格好いい像が沢山建っている。

「な、なんだか神聖な感じがする……！」

「ふふ、わかります。とても空気が澄んでいますよね」

ちなみにリネや他のクラスメイト達はほぼ皆、十二歳の頃に来たことがあるらしく、浮かれているのはわたしだけだ。

それから説明を受けながら建物内を見て回り、色とりどりの美しい花が咲き誇る庭園の中を歩いていた時だった。

「あれ……？」

全員で列になって歩いていたはずなのに、気が付けば周りには誰もいなくなっていて。隣にいたはずのリネの姿も見えない。広い庭園には、わたし一人きりになっていた。

夢中になって見ているうちに、はぐれてしまったのだろうか。とにかく皆を探さなければと、慌てて始めた時だった。

「今日は、風が心地いいな」

そんな声に振り向けば、そこには息を呑むほど美しい女性がいて。わたしは思わず足を止め、彼女に見惚れてしまう。

燃えるような真っ赤な美しい髪と、金色の瞳。それらが印象的な美女は、やがて柔らかい笑みを浮かべて言った。

「可愛らしいお嬢さん。少しだけ、私と話をしないか？」

「あの、わたし、戻らないといけなくて」

「大丈夫。ほんの少しだけさ」

そう言って、彼女は近くのベンチに腰掛けた。ぽんぽんと横のあたりを叩き、隣に座るよう促される。

初めて会うはずなのに、この人に大丈夫だと言われると何故か本当に大丈夫な気がしてしまう。

おずおずとその隣に腰掛けると、彼女は花が咲くような笑みを浮かべた。

「神殿はどうだ？」

「ええと、とても素敵です。落ち着くというか」

「光魔法使いなら、余計にそう感じるだろうな」

「えっ……」

どうしてわたしが、光魔法使いだとわかるのだろう。

もしかすると神殿の偉い人なのかもしれない。服装やその雰囲気からも、そんな感じがする。

「学園生活は楽しい？」

「はい。とても楽しいです」

「それは良かった」

わたしがそう答えると、まるで自分のことのように嬉しそうに微笑んでくれて。その笑顔のあまりの美しさに、同性だというのにどきりとしてしまう。

時折ふわりと長い真っ赤な髪が風に揺れ、甘い香りが鼻をかすめる。整いすぎた横顔に思わず見惚れていると「そんなに見つめられては、穴が開く」と笑われてしまった。

「誰かに意地悪されたりはしていないか？」

「い、意地悪ですか？　されていないです」

「ははっ、そうか」

少しばかり、メガネくんからの当たりが強いくらいで。

いくつか質問をした後、やがて彼女は長い睫《まつげ》毛に縁取られた黄金の瞳でわたしをじっと見つめた。

まるで身体の奥まで見透かされるような、そんな感覚に襲われる。

「お前は魂まで綺麗なんだな」

「たましい？」

「ああ。こればかりは生まれつきだ」

魂が、綺麗。生まれて初めてそんなものを褒められ、戸惑ったわたしは「あ、ありがとうございます……？」としか言えなくて。そんな様子を見た彼女は、やっぱりおかしそうに笑った。

「あの子が惹かれるのもわかる気がするよ。ああ、そうだ。これを肌身離さず身に着けておくといい」

「えっ？」

「お前を守ってくれる」

そう言って手渡されたのは、真っ赤な宝石のついたとても美しいネックレスだった。

守ってくれる、ということは魔道具か何かなのだろうか。宝石などに何も詳しくないわたしにも、とても高価なものだということがはっきりと見て取れた。

「し、初対面でこんな高価そうなもの、受け取れません」

「それ以上のものを、私は貰っているんだ。礼だと思って受け取ってくれないか」

どう考えても、目の前の美女にお礼をされるようなことなど何もしていない。けれど無理やりぎゅっとネックレスを握らされてしまい、戸惑っていた時だった。

「神殿長、お時間です」

「わかった」

突然現れた男性にそう声をかけられ、彼女は立ち上がる。そして彼女は今、間違いなく「神殿長」と呼ばれていた。

つまり今までわたしが隣に座って話していた相手は、神殿で一番偉い人だったことになる。

どうしてそんな人がわたしに話しかけ、良くしてくれるのかさっぱりわからない。驚きで声も出ないわたしに向かって彼女は柔らかく目を細め、微笑んだ。

「これからも、変わらずに側に居てやって欲しい」

「えっ？」

「……あれは少し、可哀想な子なんだ」

そう呟いた彼女は一瞬、寂しそうな、悲しそうな表情をしたけれど。すぐに再び、真っ赤な唇で弧を描いた。

「またな、ジゼル。会えて嬉しかったよ」

どうして、わたしの名前を知っているのだろう。

そして先程の言葉の意味も、わからないまま。彼女の姿が見えなくなったのと同時に、気が付けばわたしは先程までと同じく、クラスメイトの列に交ざって立っていたのだった。

◇◇◇

「あれ、エル！　来てたんだ。ただいま」

「ん。あれ買ってきたか？」

「うん、ばっちり」

帰宅後、わたしは自室のベッドで転がっていたエルに、神殿の前にある屋台で買ってきたキャンディを渡した。彼の好物らしく、おつかいを頼まれていたのだ。

それを受け取るためだけに部屋で待っていたなんて、余程好きなのだろう。多めに買ってきてよかった。

エルはキャンディを早速口に放り込んだあと、突然わたしの制服の胸ポケットの辺りを指差した。

その中には、先程貰ったばかりのネックレスが入っている。

「どうした、それ」

「神殿で、神殿長の綺麗なお姉さんにもらったの」

そうして今日の神殿での不思議な体験についてエルに話すと、彼は深い大きな溜め息を吐いた。

「……ババア、余計なことを」

そう呟くと、エルは「それ、貸せ」と手を差し出した。

ネックレスを載せれば、エルは探るようにそれをしばらく見つめた後わたしに投げ返してきた。

なんとかキャッチしたけれど、高価な物なのだ。心臓に悪いからやめて欲しい。

「とりあえず、それはしばらく着けとけ」

「どうして？」

「ユーインがかけた、強力な防御魔法がかかってる」

「えっ」

エルがそう言うのなら、間違いなくそうなのだろう。

そしてこれをユーインさんが作ったということにも、わたしは驚いていた。それを神殿長が持っていたということは、彼は有名な魔道具師か何かなのだろうか。

「でも、なんでしばらくなの？　効果が切れるとか？」

ふとそんな疑問を口にすると、エルは少しだけ困ったような、なんとも言えない顔をした。

「……今度」

「うん？」

「ユーインに持ってこさせる」

「何を？」

「俺が、昔作った魔道具」

「エルって魔道具も作れたの？　すごいね！　でも、わたしはこれひとつあれば十分だよ」

いくつも高価な魔道具を身に着けるほど、危ない目に遭うとは思えない。そもそも、ひとつでも分不相応だ。

けれど何故か、睨まれてしまって。

「良いから俺の言う通りにしろ、バカ」

エルはそう言うと、そっぽを向いてしまったのだった。

◇◇◇

あっという間に、夏休みまであと一日となった今日。

昨日今日とクライド様は急な仕事のためお休みらしく、朝からエルの側にはメガネくんがぴったりと張り付いている。

クライド様には休暇前に挨拶できなくて残念だけれど、夏休みには手紙を送って欲しいと以前言われていたし、近いうちに書いてみようと思う。

そして昼休み、エルと二人で食堂でお昼ご飯を食べようとしていると、やっぱりメガネくんがついてきた。その上、わたしには邪魔だなんて言ってくるのだ。ひどい。

「あいつが休みなら、お前は来る必要ないだろ。帰れ」

「いえ！　エルヴィス様のお側に少しでも居たいので、明日もしっかり来ます」

「気持ち悪い。飯が不味《まず》くなりそう」

相変わらずエルは心配になるくらい冷たいけれど、メガネくんに気にする様子はなかった。むしろ嬉しそうだ。

「お前、わりと普段は他の奴らとも話してるだろ。そいつらと飯食ってこいよ」

「学生のふりをするのも仕事のうちですから」

そう、クライド様がいる時には、メガネくんは他のクラスメイトとも普通に楽しげに話をしているのだ。

「とは言え、話題は誰が好きだとか可愛いだとか子供くさいものばかりですし、付き合ってられませんよ」

「そうなんだ……」

どうやら男の子達も、そういう話をするらしい。

リネやクラスメイトの女の子達もよく、クライド様やエルが格好いいという話をしている。実はジュードも人気だ。

「それに、どいつもこいつもお前を褒めているからな」

「えっ」

「そんな話、不愉快過ぎて聞いていられるか。中身はこんなにもアホで腹が立つというのに」

メガネくんの場合、エルに関しての嫉妬が入っているから腹が立っている気がするけれど、突っ込まないでおく。

「中身はってことは、外見は認めてくれてるんですか？」

なんて、冗談のつもりで言ったのだけれど。

「まあな。お前、顔は綺麗だろう」

「えっ」

「将来はわりと美人になるんじゃないか」

まさかメガネくんの口からそんな言葉が聞けるとは思わず、わたしは驚きを隠せない。変なところだけ素直だ。

ときめきではなく驚きで、心臓がドキドキしてしまった。

「い、痛っ！　痛いです、エルヴィス様、足！　俺の足を思い切り踏んでいます！」

「ああ、うっかり」

すると突如、メガネくんが叫び出してびっくりした。どうやらエルが足を踏んでしまったらしい。

「でもわたし、褒められてるんだ。嬉しいな」

「クソメガネの勘違いだろ」

「いえ、本当に、痛っ！　痛いです、また踏んで、痛っ」

◇◇◇

結局、落ち着いて食事など出来なかった。

放課後。

リネやクラスメイト達と夏休みも遊ぼう、手紙を書くと約束して別れ、エルとカフェに行くことになったけれど、やっぱりメガネくんはついてきた。

L字形の席に通され、何故かわたしとエルの間にメガネくんが座った。絶対におかしい。

そんなメガネくんはメニューをわたしには中々見せてくれなかったり、水を手の届かない所に置いたりと、地味な嫌がらせをしてくる。いつも周りを子供くさいだとか言っているけれど、メガネくんもなかなか幼稚だと思う。

「これ、エルも一口飲む？」

なんとか注文し終え、新商品だというフルーツジュースを飲んでいると、じっとエルからの視線を感じて。

いつものように、グラスを差し出した時だった。

「フン、お前は何も知らないんだな。エルヴィス様は昔から潔癖なんだ、他人が口をつけたものなど……」

メガネくんが語っている間にエルはひょいとグラスを取ると、当たり前のように飲み始めた。

そんな彼を見て、メガネくんは信じられないといった表情を浮かべている。いつもわたしの食べかけのお菓子だってなんだって食べているのだ、とても潔癖には見えない。

「エ、エルヴィス様？」

「なんだよ」

「以前はあんなに……」

「お前の勘違いじゃねえの」

そしてエルはあっという間に全て飲み干してしまった。

そこまで飲んでいいとは言っていない。

ひどい。

「……本当に、変わられましたね」

「別に」

「この小娘のせいですか」

「知らん」

メガネくんはそう呟くと、何故かキッとわたしを睨んだ。

「以前のエルヴィス様も素敵だったが、今のエルヴィス様も……いやそれでもこいつのせいかと思うと……」

しばらくメガネくんは真剣な表情を浮かべ、何かを考えているような様子だったけれど。

彼はやがて、すっと自身のグラスをエルに差し出した。

「エルヴィス様、俺のも良ければ……」

「失せろバカ」

——明日からは、初めての夏休みが始まる。

第三章

ふたりだけの

「暇だね…………」

「…………まあな」

　夏休み開始から一週間。二人でひたすら寮に籠っていたわたし達は読書にも散歩にも飽き、お互いソファやベッドでダラダラと寝転がってばかりいた。

　リネの家に遊びにいくのは二週間後で、まだ少し先だ。このままでは二人とも腐ってしまう。そう思ったわたしは重たい身体を起こし、エルに話しかけた。

「ねえ、たまには街中にお出掛けしようよ」

「だるい、無理」

「お願い！　美味しいもの食べて、お買い物しよう！」

「暑い、無理」

「少しだけでいいからお願い！　デートしよう！」

「は？」

デートとは一体何をするのかわからないけれど、男女で出掛ければそれはもうデートだと、リネは言っていた。

そんなわたしの誘いに、エルは呆れたような目を向けた。

「いいですね、デート。私も交ぜてください」

「えっ」

そう言ったのは、なんとユーインさんだった。

いつの間にか当たり前のように近くの椅子に座っていた彼に、心臓がばくばくと跳ねる。ユーインさんはわたし一人の時には窓をノックしてくれるけれど、エルがいる時にはいきなり入ってくることがわかった。微妙な気遣いだ。

「エルヴィス、女性からのデートの誘いを断るなんていけませんよ。早く行くと返事をして、支度をしないと」

「こいつ、デートの意味もわかってねえだろ」

「貴方はわかっているんですか？」

「…………」

どうやらエルも、いまいちわかっていないらしい。詳しくても置いていかれたような気分になるので、少し安心した。

「そもそも、お前は何しに来たんだよ」

「今日、近くの街で祭りがあるんですよ。今日は私も休みなので、お二人を誘いに来たんです」

「へえ。お前、友達いないもんな」

「エルヴィスにそれを言われるとは、私も終わりですね」

どうやら二人とも、友人が少ないらしい。「とにかく」とユーインさんは両手を叩いた。

「エルヴィスは私が支度させますから、ジゼルさんも準備なさってください。デート用の服はありますか？」

「デ、デート用の服……」

「無ければこれをどうぞ」

そうして今日もユーインさんはどこからか可愛らしいドレスと靴を出し、手渡してくれた。遠慮したものの、いいですからと押し付けると彼はエルを連れて消えてしまう。

戸惑ってしまったけれど素敵な服を着て三人でお祭りデートなんて、とても楽しそうだ。ワクワクしてしまう。

「そうだ、アナベラちゃんがまだ寮にいたはず！」

わたしは慌ててユーインさんに渡されたドレスに着替えると、お気に入りのリボンを持ち、隣の部屋を訪ねたのだった。

◇◇◇

「わあ、エル！！　格好いい！！」

小一時間程して、エルとユーインさんが部屋へと戻ってきた。エルもユーインさんが用意したらしい素敵な服に着替えており、寝癖のついていた髪も綺麗に整えられている。

わたしも可愛らしいドレスに着替え、友人に可愛らしく髪を結ってもらっていた。軽く化粧まで施してくれて、自分でも驚くほど変わったように思う。

「エルヴィス、何か言うことがあるのでは？」

「……別に」

「すみません、ジゼルさん。貴女があまりにも美しいせいで、言葉も出ないようです」

「勝手なこと言うな」

そしてユーインさんは、こちらが恥ずかしくなるほどベタ褒めしてくれた。嬉しくなって彼の手を取ってお礼を言えば、エルにすかさず離されてしまったけれど。

やがてユーインさんが手配してくれた馬車に、エルと二人で乗り込む。数人まとめての長距離の転移魔法は流石に疲れるらしく、今回は馬車で移動するそうだ。

とても大きな馬車だったため、ユーインさんも一緒に乗らないのかと尋ねれば「ぜひ二人で」と言われてしまった。

「おい」

「なあに？」

　そして馬車に揺られ、三十分程が経った頃。ずっと無言だったエルに突然話しかけられた。何故かその視線はこちらではなく、窓の外へと向けられている。

「……ない」

「うん？」

「似合ってなくはない」

「…………？」

　あまりにも言葉が足りなすぎて、一瞬何のことかわからなかったけれど。やがて今日の服装について褒めてくれたのだと理解したわたしは、口元が緩んでいくのがわかった。

「嬉しい！　大好き！　エルもとっても格好いいよ！」

「知ってる」

　嬉しさを抑えきれず、向かいに座っていた彼の隣に移動して抱きつけば、暑苦しいと怒られてしまったのだった。


「うわあ……！　すごい！」

　やがて着いた先には沢山の屋台が並び、大勢の人で溢れかえっていてワクワクしてしまう。美味しそうなものも数えきれないくらいあって、エルも満更ではなさそうだった。

ユーインさんを乗せた馬車もすぐに到着し、三人で人混みの中を歩いていく。ユーインさんはお小遣いだと言って、わたしにもエルにもお金を渡してくれた。

「とっても美味しいね！」

「ん」

色々な食べ物を買い、食べ歩く。はじめての体験にわたしは楽しくて仕方なくて、浮かれっぱなしだった。

エルも最初は「人が多くてイライラする」なんて言っていたけれど、途中からは何も言わなくなっていた。ユーインさんはそんなわたし達を見て、にこにこと微笑みながら色々な説明をしてくれている。

そんな中、可愛らしいウサギの形をしたパンを見つけ、エルと買ってみようかなんて話していた時だった。

「……エルヴィス？」

不意に鈴を転がしたような、可愛らしい声がエルの名前を呼んだ。

思わず足を止めて振り返るとそこには、桃色の髪をした美女がひどく驚いた表情をしてこちらを見ていて。

隣にいたエルからは「……最悪」という言葉が漏れた。

「っ会いたかった！　あれ、しばらく見ない間に小さ、」

「ここは私に任せて、お二人は先に行っていてください」

　すると突然、エルに飛びかかる勢いで抱きつこうとした美女を、ユーインさんが何故かがしりと捕まえた。

　それと同時に、美女の整いすぎた顔が怒りで歪《ゆが》む。

「ユーインお前、ふざけるな！　やっとエルヴィスに、」

　何やら美女は叫んでいたけれど、エルも「頼んだ」とだけ言って背を向け、わたしの手を掴み歩き出した。どう見ても知り合いだったけれど、大丈夫なのだろうか。

「エル、知り合いなんじゃ」

「あんなうるさい女、知らん」

　そしてわたしはエルに手を引かれたまま、人混みの中を歩き続けたのだった。

◇◇◇

「あっ、エル待って！　あれも買いたいな」

　わたしの手を引いたまま、どんどん歩き続けるエルの背中にそう声をかければ、彼はすぐに足を止めてくれた。

　そしてわたしは『フルーツキャンディ』という看板が立てかけられた屋台を指差した。予想通り、エルも興味深そうにずらりと並んだ可愛らしいキャンディを見つめている。

「キャンディの中に果物が入ってるんだって、絶対に美味しいよ！　あれも買って行こう」

「急げよ」

「うん、ありがとう」

エルは誰も追いかけて来ていないことを確認するような素振りをした後、そう言ってくれた。そんなに先程の女性と顔を合わせるのが嫌なのだろうか。彼女を食い止めていたユーインさんも、中々戻ってくる気配はない。

二人で屋台へと向かいどれにしようかと選んでいる最中も、その手は繋がれたままで嬉しくなる。エルのことだ、嬉しいと口に出せばすぐに離されてしまうだろうから、口元が緩むのを我慢しながら黙っておく。

「デートかい、いいねえ」

「は？」

すると屋台のおじさんは、そんなわたし達を見てニコニコと人のいい笑みを浮かべていた。

「そうなんです！　初デートです！」

「は？」

「おやおや、それは素敵だねえ。一個オマケしとくよ」

「わあ、ありがとうございます！」

「うんうん、仲良くね」

エルとひとつずつキャンディを買ったけれど、なんと屋台のおじさんはもうひとつオマケしてくれた。お金を出して買うよりもずっと、嬉しくて特別なものに感じる。

とは言えお互いの分はあるし、これはユーインさんの分にしようと言ったら、俺の分だと言って取られてしまった。

再び歩き出したわたし達はユーインさんを待ちがてら、少し先に見えた川原で休むことにした。二人並んで大きな石の上に並んで座る。繋いでいた手が離れてしまい、少しだけ寂しく感じた。

「お前、バカじゃねえの」

「どうして？」

「よくあんなこと、恥ずかしげもなく言えるな」

「恥ずかしいことなの？」

「…………もういい」

エルはそう言うと、ゆっくりと流れていく目の前の川へと視線を戻した。わたしはそんな彼の、文句ひとつ付けようのない美しい横顔を見つめる。毎日のように見ていても、いつまでも眺めていられる気がした。

「ユーインさん、遅いね」

「ん」

「そういえばさっきの綺麗な女の人、エルの知り合い？」

「俺はそう思ってない。他人」

「そ、そうなんだ……」

その扱いに、メガネくんと同じような雰囲気を感じる。

「わたし、エルのこと何にも知らないな」

「別にわざわざ話すほどのことなんて、何もない」

「どうして？」

「ずっと外に出てなかったし」

「そうなの……？」

「ああ。他人に会うことも少なかった」

少しだけエルのことを知れて嬉しい反面、ずっと外にも出ず人にも会わない生活だなんて、なんだか寂しそうだと思ってしまう。本人はあまり気にしていないようだけれど。

「そうだ！　わたしのことで、何か知りたいことはない？」

「別に。お前、いつも勝手に話してるだろ」

「確かに……」

わたしは出会った頃から常に、エルにひたすら話しかけ続けているのだ。何もかもを話してしまっていた。とはいえ、エルは基本的に右から左に聞き流している気がする。

「じゃあ、ユーインさんが来るまでお互いに気になることを質問しあうのはどう？　ではまず、エルヴィスさんの一番好きなものを教えてください」

「くだらな。お前本当にガキだよな」

　そう言いながらも、エルは「……甘いもの」と答えてくれた。予想通り過ぎるけれど、嬉しい。そして可愛い。

「ちなみに、わたしが一番好きなのはエルです」

「は？」

「何よりも一番エルが好き、大好き！　初めてのデート、エルと一緒に来れてよかった。今日は本当にありがとう」

　わたしとしてはいつも通りの、当たり前のことを言ったつもりだったけれど。そんな言葉にエルは何故か、少しだけ困ったような、戸惑ったような表情を浮かべた。

「……本当にバカじゃねえの」

「なんで？　本当のことだよ」

「お前、ほんとやだ」

　そう言うと、エルはばりばりと残っていたキャンディを噛んでしまった。歯に悪いからやめた方がいいといつも言っているのに、落ち着かない時の癖なのかやめてくれない。

「すみません、お待たせしました」

　そうしているうちに、いつの間にか現れたユーインさんはびっくりするほどボロボロだった。一体、何があったのだろう。

「あいつは？」

「無理やり送り届けてきました。そもそもこの辺りは立ち寄っただけで、隣国にすぐ戻らなければならないようでした」

「ふうん」

　すると今、ようやく合流したばかりのユーインさんは「それでは、私はそろそろ帰りますね」なんて言い出した。

「えっ？」

「実は、用事を思い出してしまいまして。帰りの馬車は用意してあるので、後はお二人でごゆっくり」

「……お前、本当に何しにきたわけ」

「さあ？」

　そう言ってユーインさんは綺麗に微笑むと、あっという間に姿を消してしまった。ただ、わたし達の面倒を見てくれただけだった気がする。今度、ちゃんとお礼をしなければ。

　空を見上げれば、日が暮れるまではまだ時間がある。

「ねえ、エル。もう少しだけ見ていこうよ」

「だるい」

「お願い、ほんの少しだけ！」

「……本当に、少しだけだからな」

「うん、ありがとう！　大好き」

「しつこい」

そんなエルの右手を掬《すく》いとりぎゅっと握れば、今日はほんの少しだけ握り返してくれたような気がして。

そこに胸いっぱいの幸せを感じながら、わたし達は再び人混みの中へと歩き出したのだった。

◇◇◇

「ルビーと会えて、本当に嬉しい！」

「私もです。お嬢様がお元気そうで何より」

「ありがとう、話したいことも沢山あるんだよ」

「はい。楽しみです」

リネの家に遊びに行くまで、一週間を切った今日。お泊まり用の物を買いに、わたしはルビーと共に王都の街中に来ている。ちなみにエルも誘ったけれど、面倒だと断られた。

伯爵家に寄り付いていなかったわたしは、こうしてルビーに会うのは数ヶ月ぶりだ。彼女は休みを使って買い物に付き合ってくれていて、本当に嬉しい。

必要な物を買い揃え、カフェでゆっくりお茶でもしようかと話しながら歩いていると、不意に通りがかったアンティークショップの中に並ぶ古い本が目に入った。

魔法に関する本ならば、毎日わたし以上にだらけているエルへの、いいお土産になるかもしれない。そう思ったわたしはルビーに少しだけ見たいとお願いして、店内へと入る。

そうして、気になった本に手を伸ばした時だった。

「あっ」

「あ」

ちょうど反対側からも同時に手が伸びてきていて、ぶつかってしまった。すみません、と謝り顔を上げればそこには、若葉色の髪をした格好いいお兄さんがいた。わたしよりも十以上は歳上に見える。

それにしても最近は美男美女ばかり見るなあ、なんて思いつつ、伸ばした手を引っ込めたのだけれど。

「お前、こんなところで何をしている」

「えっ？」

「今日はエルヴィス様は一緒じゃないのか？」

「……ええと、エルのお知り合いですか？」

「あ」

何故か突然、馴れ馴れしく話しかけられて。

戸惑ったわたしがそう尋ねると、お兄さんはハッとしたように口元を手で覆った。その上、彼は何故かひどく焦ったような表情を浮かべている。

「っ何でもない、誰だお前は！　間違えたんだ！」

「…………？」

「し、失礼する！」

そうして、あっという間にお兄さんは店を飛び出していった。間違いなくエルヴィスと言っていたし、やはりエルの知り合いだろうか。彼の周りは、美男美女率が高すぎる。

そもそも、どうしてわたしを知っているのだろう。綺麗な顔をしていたけれど変な人だったなあと思いながら、再び本へと手を伸ばしたのだった。

◇◇◇

そして、数日後。わたしは天使達に囲まれていた。

「じぜるお姉ちゃん、だいすき！」

「ぼくも！」

栗色の髪をした可愛らしい子供達に、前からも後ろからもぎゅうっと抱きつかれ、その上「お姉ちゃん」と呼ばれ、大好きだなんて言われているのだ。幸せすぎる。

「ここは……天国か何か……？」

「ふふ、ジゼルは子供にも好かれるんですね」

そう、昨夜リネの家に無事到着してからというもの、彼女の双子の弟達がわたしにとても懐いてくれているのだ。

まだ四歳の彼らはとても小さくて柔らかくて、本当に可愛らしい。大きさは少し違うけれど、なんとなく出会った頃のエルを思い出してしまう。もちろん、態度も全然違うけれど。

「ねえ、エルも一緒に遊ぼうよ」

「バカ言うな」

もちろん一緒に来ていたエルにそう声をかけても、全くつれない。どうやら小さな子供が苦手らしい。少し離れた場所に偉そうな態度で座り、リネが用意してくれたお菓子を食べながらこちらを見ている。

ちなみに一週間ほど、お邪魔する予定だ。彼女のご両親も優しくて素敵な方々だった。わたしにもエルにも、とても良くしてくれている。

「そう言えば、ジゼルには妹さんがいるんでしたっけ？」

「う、うん。　いるよ」

「きっと素敵な方なんでしょうね……！」

「ううん……？」

サマンサはきっと、リネの想像とはかなりかけ離れている気がする。そんな彼女も来年、魔法学園に入学してくると思うと、ひどく気が重い。

今までのようにわたしの悪評を流し、孤立させようとする未来しか見えない。本当にやめて欲しい。

なんだか暗い気分になってしまい、サマンサのことを頭から振り払うように、わたしはむぎゅうと双子ちゃんを抱きしめる。するとすりすりと頬擦りしてくれて、憂鬱な気分が一瞬で吹き飛んでいく気がした。

「すき！」

「か、可愛い……！　わたしも好き！」

そうして、サラサラの髪を撫でていた時だった。

「ジゼル」

不意にエルに名前を呼ばれ、視線を向ける。彼がわたしの名前を呼ぶ時は大体、何かを頼む時だ。

「どうしたの？」

「クッキー、なくなった」

「そこに新しいのあるよ」

「開いてない」

エルの手の届くすぐ先に、小袋に入ったクッキーがある。

自分で開けた方が早いのではと思いながらも、やっぱりわたしは双子達から離れ、エルの下へ行き袋を開けてしまう。

「はい、どうぞ」

「ん」

そしてお礼だとでも言わんばかりに、エルはクッキーを二枚くれた。そもそも、リネが用意してくれたものだけれど。

そんなわたし達を双子達は大きなくりくりの瞳で、不思議そうな表情を浮かべたまま見つめている。

「じぜるお姉ちゃんは、このお兄ちゃんのこいびと？」

「ううん、違うよ」

「じゃあぼくとけっこんできる？　しよう！」

「ええっ」

まさかのプロポーズをされてしまい、あまりの可愛らしさに笑みが溢れる。リネも「まあ、いつの間にそんなことを覚えたの」と言って笑っていた、けれど。

「無理」

ほのぼのとした雰囲気の中、エルはそう言い切った。

「どうして？」

お兄ちゃんであるリオンくんが、悲しげにそう尋ねる。

わたしもどうしてだろうと他人事のように思いながら、手渡されたクッキーを一枚齧りエルを見つめた。

「もしかしてお姉ちゃん、すきなひといるの？」

「ああ」

彼はそんな問いに、なんの躊躇いもなく頷いて。

「こいつは俺が好きなんだよ」

そしてわたしはクッキーを思い切り、喉に詰まらせた。

「げほ、ごほっ」

エルの予想外の言葉を受け、思わず咳《せ》き込んでしまったわたしに、リネは慌てて水の入ったグラスを手渡してくれた。

水を飲みなんとか落ち着いたわたしは、うるうるとした悲しげな瞳を向けてくる双子達に向き直る。

「じぜるお姉ちゃん、そうなの……？」

「う、うん。もちろん二人のことは好きだけど、あのお兄ちゃんのことは特別、好きなんだ」

エルの言っていることは間違ってはいない。わたしが一番好きなのは、間違いなく彼なのだ。

とは言え、双子達が言っている「すき」と、エルが言っている「好き」は、別物だろうけれど。

「じゃあふたりは、けっこんするの？」

「ええっ！　それは違うよ」

「どうして？」

「ええと、わたし達は家族みたいなもので……」

「みたいってなに？」

「うーんと……」

「ほら二人とも、そろそろママのところに戻りなさい。おやつのケーキが焼ける頃だと思うわ」

「はあい」

止まらない質問に戸惑っていると、リネが助け舟を出してくれて。彼女は二人を連れて、部屋を出て行った。

二人きりになり、わたしはエルの隣に座ると、すすすと彼に近づく。エルは「何だよ」とジト目でこちらを見ている。

「ねえねえ、もしかしてさっきのって焼きもち？」

「は？　バカ言うな」

「だよね」

「……当たり前だろ」

まさかあんな小さい子供相手に、焼きもちをやいたり張り合ったりするわけがない。きっと彼なりの冗談か何かなのだろう。

「エルがあんなこと言うと思わなかったから、びっくり」

「文句あんのかよ」

「ううん、本当のことだもん。わたしがエルのことを大好きなのが、ちゃんと伝わってて嬉しい」

「あれだけ毎日バカみたいに言ってたら、わかる」

「そっか」

なんだか嬉しくなってつい、にやにやとしていると「変な顔」だなんて言われてしまった。

「それにしても結婚かあ……やっぱり想像つかないや」

「意味ないだろ、そんなもん」

この国では、貴族令嬢は十八歳になると結婚することが多い。伯爵夫妻もきっと、わたしが魔法学園を卒業すればすぐにでも、あの変態侯爵に嫁がせようと考えているのだろう。

「わたしはとにかく、あの家から逃げれたらいいや。どこかに嫁いで、エルと一緒に居られなくなるのは嫌だもん」

嫌がらせはされていようとも、貧民街にいたわたしを引き取り衣食住を与えてくれたのだ。元々は政略結婚だって、受け入れるつもりでいた。あの侯爵だけは無理だったけれど。

それでも不思議と今は、知らない誰かと結婚する未来なんて全く想像出来なくなっていた。

「これからもエルとずっと、一緒にいられたらいいな」

「……勝手にしろ」

エルはそう言うと何故かクッキーを一枚、わたしの口にぐいと押し込んだのだった。

◇◇◇

お昼を食べた後「だるい、面倒くさい、暑い」と言うエルを連れ、三人で近くの森へと遊びに来ていた。

可愛らしいウサギやリスがたくさん居て、リネに貰ったおやつをあげると警戒しながらもひょこひょこと近づいてきて、食べてくれる。可愛いが爆発しそうだ。

日頃から人間がおやつや餌をあげているから、この辺りの動物は人懐っこいのだという。

やがて馴れてきてくれたのか抱っこも出来るようになり、わたしはずっと可愛らしいウサギを撫で続けている。

「可愛い……本当に可愛い……！」

「そんなジゼルが一番可愛いですよ」

「またまた〜」

「本当です」

エルは芝生にごろりと寝転がり、気怠《けだる》げにそんなわたしを見つめている。リネはと言うと、急にスケッチブックを取り出して何やら絵を描き始めた。

ウサギの絵を描いているのかと思いきや、まさかのわたしがメインだった。本当にそれでいいのだろうか。

そうして、穏やかな時間を過ごしていた時だった。

突然、物凄い勢いで抱っこしていたウサギが逃げ出してしまって。それと同時に、近くにいた動物達も皆一斉に何かに怯えたように逃げ出してしまう。

どうしてだろう、と不思議に思っていた時だった。

「おいバカ、前見ろ」

「っえ、」

そんなエルの声に顔を上げたわたしは、数十メートル先に自身の何倍も大きな何かがいることに気が付いた。それは鋭い赤いふたつの瞳で、わたしを捉えている。

……なに、あれ。

座り込んだまま呆然と固まるわたしを、すぐにエルはぐいと腕を引き立ち上がらせてくれた。

「も、もしかして、ま、魔物……？」

「どっからどう見てもな。お前がバカみたいに声に出して読んでた図鑑の中にいただろ」

「……炎猪《フレイムボア》」

「ああ」

初めて見る魔物に、恐怖と驚きで心臓がうるさいくらいに早鐘を打っている。想像していた何倍も大きくて禍々《まがまが》しい。

そして図鑑の通りであれば、炎猪は強い部類に入る魔物なはずだ。名前の通り、火を吹くのだという。

「つど、どうして、こんなところに魔物が……こんな場所に出るなんて、聞いたことがありません……」

わたし達の後ろにいるリネも、ひどく怯えている様子だった。森の中といえど、ここは都市部なのだ。こんな場所に魔物が現れるなんて、有り得ない。

どう考えても、助けを呼ぶ余裕も時間もなさそうだ。

そんな中、一人平然としているエルは手のひらを炎猪に向けると、なんとそのまま氷魔法で攻撃をした。けれど、あまり効いている様子はない。

むしろ今ので怒ったらしい炎猪が、今にもこちらへと突進してこようと、太く大きな足で地面を蹴り始めている。

「うわ、こんな雑魚一匹、一発で仕留められねえのかよ。本当にカスみたいな魔力だな」

やはり焦る様子ひとつないエルは、自身の手のひらを見つめながら呑気にそう呟くと溜め息を吐いた。

……あれ？　もしかして今、とてもピンチなのでは？

どう考えても生命を脅かされるレベルのまずい状況だというのに、エルは平然としていて。わたしはそんな彼の腕にしがみつくと「と、とにかく逃げよう！」と声を掛けた。

けれどそんなわたしを、彼は鼻で笑って。

「すぐ終わる」

何故かそう言い切ると、エルは左耳のピアスに触れた。途端にピアスは粉々に割れ、ぶわりと眩い光が彼を包み込む。

「久しぶりだな、この感覚」

そんな彼の言葉の意味もわからず、わたしはただ、整いすぎた横顔を見つめることしかできない。形のいい唇が弧を描き、エルは右手の人差し指を炎猪に向ける。そしてほんの少しだけ、指先を動かした瞬間だった。

「…………え、」

ドオン、という耳を劈《つんざ》くような轟音が鳴り響き、地面が揺れ、土埃《つちぼこり》が舞う。……何が、起きたんだろう。

やがて視界が晴れ、わたしは自身の目を疑った。先程まですぐ目の前にいた巨大な炎猪の姿が、忽然と消えたのだ。

戸惑いながらも視線を泳がせていると、木々をなぎ倒した先、かなり遠くにその姿を見つけることが出来た。大きな氷が身体の中心に突き刺さっていて、動く気配はない。

一瞬すぎて理解が追いつかなかったものの、どうやらエルがあれを倒したらしいことだけは、なんとなくわかった。

――何もかもが、桁違いだった。魔法を繰り出すまでのスピードも、その威力も。

どこからあんな魔力が、と呆然とするわたしの隣に立つエルは「やっぱり雑魚だな」なんて言って笑っている。

「あ、今のうちに連絡しておくか」

彼はいつもと変わらない調子で、ぷちりと自身の髪を一本引き抜くと息を吹きかけた。するとそれはあっという間に鳥のような形になり、くるくると彼の上空を舞い始める。

それに向かってエルが何かを呟くと、鳥のような何かは目にも留まらぬスピードで、どこかへと飛び立っていった。

「ひっでえアホ面」

驚きの連続で声ひとつでないわたしを、エルはやっぱり小馬鹿にしたように笑う。当たり前の反応だと言いたかったけれど、やっぱり言葉は出てこなかった。

「おい、戻るぞ。騎士団の奴らなんかが来て、色々聞かれても面倒だし。三つ編み、お前も立て」

どうやら三つ編みというのはリネのことらしい。彼女はいつも前髪を半分、編み込みにしているのだ。

リネも我に返ったように「は、はい！」と言うと慌てて立ち上がる。そうして、訳がわからないままわたし達はエルの後をついていき、リネの家へと戻ったのだった。

◇◇◇

「ねえねえ、昼間のあれ、なに？」

「なにって何だよ」

「いきなりすごい魔法使えるようになってたでしょ」

その日の晩。わたしは寝泊まりさせてもらっている部屋で、エルと共にベッドに腰掛け、そう尋ねた。

ちなみにリネは「バーネット様は本当にすごいです！」とひたすらに言うだけで、疑問を抱いている様子はなかった。

「もしかして、ユーインさんに作らせたって言ってた、あのピアスの魔道具の力とか？」

わたしがそう尋ねると、エルはやっぱり鼻で笑った。

「バカ、あれは俺の――だ」

「…………？」

けれどお得意のもやがかかり、聞き取れない。エルは苛ついたように舌打ちすると、改めて口を開いた。

「だってあんなすごい魔法、見たことないよ」

「とにかく、あれくらい驚くようなことじゃない」

「だろうな」

そう言ったエルは、ひどく自慢げに口角を上げた。

「とにかく、格好よかった！　助けてくれてありがとう」

「別に、お前のためじゃない」

「それでも、助かったのは事実だもの。怖かったけど、エルがいてくれて本当に良かった」

「……あっそ」

するとエルはぷいと顔を背け「もう寝る」と言うと、突然部屋を出て行ってしまって。そんな態度を不思議に思いながらも、わたしはぼふりとベッドに倒れ込んだのだった。

そうしてウトウトし始めた頃、不意にコンコンと窓をノックする音が室内に響いた。ここが三階なのを思い出したわたしは、まさかと思いつつ飛び起きて窓を開ける。

「こんばんは、ジゼルさん」

するとそこにはやはり、ユーインさんがいた。何故こんな王都から遠い場所にいるのだろうか。相変わらず謎すぎる。

「エルヴィスはもう寝てしまったようなので、貴女の所に来てしまいました。すみません」

「い、いえ……」

ユーインさんはそう言うと「お邪魔します」と言って部屋の中へと入ってきて、わたしにピアスをひとつ手渡した。

エルが着けていたもの、つまり今日の昼間に粉々になっていたものと同じピアスだった。

「実は昼間、エルヴィスからお手紙が届きまして。ちょっとした調べ物のついでに、これを届けに来たんです」

「……あの、これ、何なんですか？」

「それは内緒です」

彼は人差し指を唇にあてて、微笑んだ。

「何かあった時に身を守るための物、ですね。数分しか効果はないんですが、エルヴィスがどうしても欲しいと言うので」

「身を守る、ため」

「はい。……本当はマーゴット様も、頼まれたとしてもエルヴィスにはこういった物は与えないつもりだったんですよ」

エルがどうしても欲しかった、身を守るための物。

一体何故、そんなものが必要なんだろう。そんな疑問を抱きながら、わたしは尚も彼の話に耳を傾ける。

「エルヴィスには、強力な防御魔法がかけられています。それに今は、何かあった時にも一人で逃げるくらいの力はあるので、初めは不要だろうと断ったんですけどね」

黒曜石のような瞳を柔らかく細め、彼は続けた。

「でも、エルヴィスは言ったんですよ。一人じゃない、と」

「えっ？」

「いつも一緒にいる、貴女を守る力が欲しかったんでしょうね。そんなことを言われて、断れる筈がありませんでした」

わたしを守るための、力。予想もしていなかったユーインさんの言葉に、戸惑ってしまう。

そして何より、エルが「一人じゃない」と言ったことに、わたしは驚きを隠せなかった。

「ほ、本当に、エルがそう言ったんですか……？」

「はい」

ユーインさんは迷う事なく、笑顔で頷いた。

……初めて会った時には殺すなんて物騒なことを言い、自分の得にならないことなんて、何ひとつする必要がないと思っていたあのエルが、わたしのために人に頼み事をしたのだ。

その上、一人じゃないとまで言ってくれた。

じわりと涙腺が緩み、涙が滲んでいく。そんなわたしを見て、ユーインさんは柔らかく微笑んだ。

「エルヴィスは貴女が思っている以上に、貴女のことを大切に思っていますよ。ご存じの通り、素直じゃないだけで」

……なんとなく、気が付いてはいた。エルも少しくらい、わたしのことを大切に思ってくれているのでは、と。

けれどこうして他の人の口から聞くと、泣きたくなるくらいに実感が湧いてきて、嬉しさで胸が締め付けられる。

「ああ、そうだ。ちなみにですが」

ユーインさんはそう言うと、わたしが身に着けているネックレスを指差した。神殿で頂いたものだ。

「そのネックレスは基本、対魔法用なんです。物理攻撃にはあまり強くないので、注意してくださいね」

「そうなんですか？」

「はい。エルヴィスといれば大丈夫だとは思いますが、世の中危険は沢山ありますし」

そういえば結局、何故あんな場所に魔物が出たのかについてはわからないままだった。

「……思ったよりも、状況は良くないかもしれないので」

真剣な表情で呟いた、ユーインさんのその言葉の意味はわからない。それでも何故か、少しだけ胸の奥がざわついた。

「それでは私は、もう少しだけお仕事があるので。また」

「はい、お気を付けて」

そうして、ユーインさんは音もなく姿を消した。

再び部屋に一人になったわたしは、今度こそ寝ようと改めてベッドの中に潜り込んだ、けれど。

エルがわたしのことを大切に思ってくれているのだと思うと、嬉しくて気恥ずかしくて、落ち着かなくて。じたばたとし続けていたわたしは翌日、寝不足に悩まされたのだった。

◇◇◇

「……だるい、面倒くさい」

「どうせやらなきゃいけないんだから、頑張ろう」

それから、あっという間に数日が過ぎた。明日、王都にある学園の寮に戻ることになっている。

ちなみに今は三人で机に向かい、夏休みの宿題である問題集を必死に解いていた。とはいえエルだけは真っ白な問題集を前に頬杖をつき、ペンをくるくると回している。

「ねえリネ、ここわかる？」

「……実はそこ、私もわからなかったんです」

「エルならわかるよね？　ここ教えて欲しいな」

「知らん」

　お願いしてみたものの、そう言われる気はしていた。リネもわからないようだし、どうしようと思っていたけれど。

「あ、でもクライド様が夏休みの間、勉強会しようって言ってくれてたよね。その時にまとめて聞けばいいか」

「貸せ、バカ」

　するとエルは、問題集を引ったくり「こんなのもわからねえのかよ」なんて言いながらも、突然教えてくれ始めた。その上、前回よりもわかりやすい。

「あー、なるほど！　流石エル」

「別に」

「ふふ、お二人は本当に仲が良いですね」

　そんなわたし達のやりとりを見ていたらしいリネは、やけに幸せそうに微笑んでいる。

「美男美女のお二人を、こうして近くで眺めているだけで私は本当に幸せです……夏休みの後半は私も寮に戻るので、そうしたらまた遊んでくださいね」

「もちろん！」

まだまだ夏休みは、あと一ヶ月ほど残っている。残りはどうやって過ごそうかなあ、と考えていた時だった。

「そういえば、今月末には流星群が見られるそうですよ。お二人で見に行っては如何ですか？」

「そうなの？　見てみたいな」

「男女で見ると、永遠に結ばれるっていうお話もあるんですよ。とてもロマンチックですよね」

「永遠に、結ばれる……」

確かにそれはとても、ロマンチックだけれど。

「わたしとエルで見たら、まずいのでは……？」

「バカかお前は。んなもん迷信に決まってんだろ」

「それでも、万が一ってこともあるし」

エルと見たいけれど困ったなあ、なんて悩んでいるわたしに、リネは首を傾げながら言った。

「どうして困るんですか？　血も繋がっていないんです。結婚だって出来ますし、良いと思いますよ」

「えっ？　だって、わたしとエルだよ」

「お二人はこんなにもお似合いなんです。恋愛感情が芽生えても、おかしくはないです。むしろ素敵です……！」

「れ、恋愛感情……」

リネはそんなことを、本気で言っているようだった。むしろ熱が入っているようにも感じる。

わたしとエルが、お似合い。結婚。恋愛感情。そんなこと、考えてみたこともなかったけれど。

「……確かに、エルと結婚するのが一番幸せかも」

「は？」

「結婚すれば、ずっと一緒に居られるし。何より、本当の家族になれるもんね。恋愛感情とかはあれだけど、もしもこのまま、エルに好きな人が出来なかったら結婚したいな」

わたし自身、誰かを好きになるなんて想像もつかない。

それにエルの子供なら絶対に可愛いよね、なんて言うと、何故か二人の目が驚いたように見開かれた。

「お前、意味わかって言ってんの？」

「意味……？」

エルは頬杖をついたまま、探るような視線を向けてくる。よくわからずに戸惑っていると、リネが口を開いた。

「すみません、ジゼル。変なことを聞いても？」

「うん。なあに？」

「先日、弟達と遊んでくださっている時に、いつか子供が欲しいと言っていましたよね。ちなみに子供って、どうしたら出来るか知っていますか？」

「……そう言えば、知らない」

結婚すれば出来ると思っていたけれど、よく考えれば結婚をしていない伯爵と母の間にわたしは生まれている。

母からは伯爵に口説かれてわたしが出来た、とだけ聞いているけれど、仕組みはよくわからない。

「……そんなことだろうと思った。お前、本当やだ」

「バーネット様、こういうお話は普通、母親から教えられるものなんです。ジゼルは早くにお母様を亡くされたと聞いていますし、仕方ないかと……」

そんな会話をしながら、二人は何とも言えない表情でわたしを見てくる。どうやら皆、知っていることらしい。

「ジゼル、今夜少しだけ時間をください」

「うん……？」

その日の夜。リネのお母様から全ての説明を受けたわたしは、顔から火が吹き出るのではというくらいの羞恥に襲われていた。穴があったら入り続けたい。

そして何故か『恋愛感情が芽生えても、おかしくはない』というリネの言葉が、しばらく頭から離れなかった。

すべての初めてを君と

「す、すごい……！」

リネの家から学園の寮へと戻り、数日が経った今日。相変わらず暇なわたし達は図書館へ行って本を借り、エルの部屋で読書をして過ごしている。

わたしはリネにオススメされたロマンス小説を読んでいたけれど、予想以上の大人の恋愛すぎる内容に、ひたすらドキドキしながら読み進めていた。

「こ、こんな人前でキスなんて……！」

「どんなの読んでんだよ、お前」

そんな独り言を言い、ベッドの上でジタバタしながら読んでいるわたしを見て、すぐ隣で寝そべっていたエルは呆れたような声を出した。

「なんかもう、とにかくすごいの……！　大人って感じ！」

「語彙力なさ過ぎだろ」

「本当にすごいんだもん！　さっきもね、床に押し倒されてたし……あっ、これがリネの言っていた床ドンなのかな」

「きも」

興味なさそうにそう呟くと、彼は魔法に関する本をぱらぱらとめくっていく。先程ちらっと見せて貰ったけれど、わたしには何ひとつ理解できない難しい本だった。

「やっぱりこういうシチュエーション、ときめくのかな」

「知るか」

「ねえ、エルやってみて」

「は？」

「床ドン、気になる」

なんて言ってみたものの、あのエルがこんなおふざけに付き合ってくれるはずなんてない。

だからこそ、ほんの冗談のつもりだったのに。

「……っえ、」

次の瞬間にはぐるりと視界が反転し、わたしはエルによってベッドに押し倒されていた。彼の両腕が顔の横にあり、まさに床ドンというやつだ。

透き通ったふたつの碧眼に見下ろされ、吐息がかかりそうなくらいに顔が近い。軽い気持ちで言ったことを後悔してしまうくらいの破壊力が、そこにあった。

「…………っ」

「なに？　お前、自分で言ったくせに照れてんの？」

つい視線を逸らしてしまったわたしを見てか、エルは小馬鹿にしたようにそう言って。正直、床ドンを舐めていたわたしは、反省と後悔に苛《さいな》まれていた。

「……す、すみ、ません」

「本当、クソバカだな」

そしていつものように、わたしを鼻で笑う。

変な汗が出てきて、顔が熱い。とにかく十分すぎるほど床ドンを味わったわたしは「もう大丈夫です、ありがとうございました」と言い、解放して貰おうと思ったのだけれど。

「エルヴィス様！　おひさし、ぶ……」

なんとノックとほぼ同時に突然ドアが開き、お菓子を抱えたメガネくんが満面の笑みで入って来たのだ。なんだか以前にも、こんなことがあったような気がする。

彼はこんな状況のわたし達を見て数秒固まった後、ぼとぼとと腕に抱えていたお菓子を床に落とした。

「……エ、エルヴィス様……本当に、そんな子供を……！」

そう呟くと同時に、彼は両手で顔を覆い走り去っていく。どうやら、とんでもない勘違いをされてしまったらしい。

そしてエルが溜め息を吐いた隙に、わたしは必死に彼の両腕から抜け出した。けれどそれからし

ばらく、ひどく火照った頬の熱は不思議と冷めなかった。

◇◇◇

そして午後。わたしは久しぶりに届いた招待状に目を通しながら、気が重くなるのを感じていた。

「……自分が貴族令嬢なの、忘れてた」

「俺も」

数ヶ月前にも行った、王城でのガーデンパーティーの招待状だ。それも今回は、前回よりも招待客が絞られたものらしい。なんとクライド様からの直筆のお手紙までついている。

どうやらサマンサや、その周りの令嬢は呼んでいないから安心して来て欲しいとのことだった。早く会いたいとも書かれていて、なんだか少し照れてしまう。

「二週間後だって。ちょっと行ってくるね」

「あっそ」

「そう言えばドレス、持って来ていないんだった。あの家に戻るの嫌だな……」

先日、デートの時にユーインさんに頂いたものもあるけれど、王城でのパーティーには不向きなのだ。なんとかそれ以外の方法を、とわたしはお小遣いが入った財布を開ける。

けれど何度数えても、社交の場に出るドレスを買う分のお金はない。そもそも、毎回同じドレスで行くこと自体、恥ずかしいことらしいのだけれど。

一着しかまともなものがないので、仕方ない。そう考えると学園の制服はとても便利だなとしみじみ思う。

「そう言えば、クラスメイトのジェシーちゃんのお家でお仕事募集してたな。夏休み、暇だし少し働いてみようかな」

「お前、正気か？」

正直、手持ちのお金も減ってきて心許ない。何かあった時、あの両親が助けてくれるとも思えなかった。それに、お金のことで友人を頼るわけにもいかない。

貴族令嬢としてのプライドなんてないし、そもそも将来は働いて食べていかなければならないのだ。いい経験になるかもしれない。そう思っていた時だった。

「フン、話は聞かせてもらった」

気が付けば、午前中に走り去っていったはずのメガネくんが、ドアに背を預け立っていた。

なんだか格好つけているけれど、ただの盗み聞きだ。

「お前、働きたいのなら俺の仕事を手伝え」

「えっ……何をすればいいんですか？」

「俺の婚約者役だ」

「えっ」

「は？」

メガネくんの、婚約者役。まさかの内容に驚いてしまう。そもそも、わたしを嫌っているメガネくんからそんな誘いをされるとは思ってもみなかった。

「来週、仕事で貴族令息のフリをして誘拐され、奴隷商のアジトを突き止める役をすることになっている。毎度追跡用の魔道具なども全て破壊されていて、その上転移魔法を使う、かなり慎重で厄介な相手だ。だからこそ、相手を油断させるためにも婚約者役の令嬢がいると言われているんだが、職場の女性には全て断られてしまってな」

「お前、嫌われてるもんな」

「うっ」

なんだか思っていたよりも、危険で大変そうな仕事だ。けれど王子の護衛を務める実力の持ち主であるメガネくんがいれば、安心な気もする。少し怖いけれど。

「ちなみに報酬はこれくらいだ」

そう言って、メガネくんが提示したのはびっくりな金額だった。新品のドレスすら余裕で買えてしまう大金で、わたしは迷わずこくりと頷いていた。

「や、やります……！」

「よし。来週の月曜日に出発だからな。貴族令嬢らしい格好だけはしておけよ」

「わかりました」

それこそ、ユーインさんに頂いたドレスを着よう。そして軽く髪を結い化粧をすれば、流石のわたしも貴族令嬢に見えるに違いない。

「エルヴィス様、こいつを数日お借りしますね」

「……勝手にしろ」

そしてわたしは、メガネくんと誘拐されることになった。

◇◇◇

「よし、こんな感じでいいかな」

初仕事の日、つまりメガネくんと誘拐される当日。わたしは朝から気合を入れて、身支度をしていた。鏡に映る自分の姿は、どこからどう見ても貴族令嬢だ。

そんなわたしを、何故か朝から部屋に遊びにきていたエルは、ひどく不機嫌な表情を浮かべ見つめていた。

「頑張ってお金、稼いでくるからね。ちゃんとお給料をいただいたら、エルにも美味しいお菓子買ってくるから！」

「いらん」

「ええっ」

あのエルがお菓子をいらないなんて、珍しい。なんだか不吉なことが起こりそうだとすら思ってしまう。

「おい、準備は終わったか？」

「はーい、今行きます！」

窓越しにメガネくんに声を掛けられ、慌てて立ち上がる。少しだけ緊張するけれど、しっかりと頑張らなければ。

「おい」

そんなわたしに対し、エルはしばらく何か言いたげにしていたけれど、やがて「何でもない」「クソバカ」と呟いた。

変なエル、と思いながらも「行ってきます！　お菓子ばっかり食べないでご飯も食べてね！」とだけ言うと、わたしは自室を後にしたのだった。

◇◇◇

「最近、この街の付近で特に人攫いが増えているらしい。何日かかるかはわからないが、とにかく攫われるのを待つぞ」

「わかりました！」

「婚約者のふりをしつつ、バカなふりもしろよ」

「はい、頑張ります！」

それから数時間後。わたし達は王都近くの街中を、二人並んで歩いていた。わたし達くらいの年齢の少年少女は、他国で高く売れるんだとか。なんとも恐ろしい話だ。

これ以上、不幸な子供達を生み出さないためにも、頑張らなければとわたしは気合を入れ直した。

「婚約者ならやっぱり、腕とか組んだほうがいいですか？」

「バ、バカを言うな！　この痴女め！」

「ええ……」

婚約者のふりをしろと言われたから提案してみたのに、痴女呼ばわりとは酷い話だ。

とは言え、いくらバカなふりをしていたって、そう簡単に目をつけられ誘拐されるとは思えない。

メガネくんの言っていた通り、わたしも長期戦を覚悟していたのだけれど。

「ビックリするほど、すぐに捕まりましたね」

「ああ」

それから二時間後。私達は早速捕まり両手両足を縛られ、馬車の荷台に転がされていた。驚くほど鮮やかな犯行に、誘拐犯達がどれだけ手慣れているかを実感する。

荷台にはわたし達以外にも数人乗せられており、皆ひどく怯えた顔をしていた。当たり前の反応だろう。心配になり声を掛けようとしたけれど「気持ちはわかるが、アジトに着くまでは余計なことはするな」とメガネくんに言われ、わたしはひたすらに大人しくしていた。

不意に馬車は止まり、やがて布の隙間から黒ずくめの男が顔を出した。その手には魔道具らしい棒がある。

どうやら例の魔道具所持チェックのようだ。わたしもあのネックレスが取り上げられないよう、外してきてある。だからこそ、引っかかることはないと思っていたのだけれど。

なんと棒はわたし達の目の前まで来た途端、眩く光った。どこからどう見ても引っ掛かっている。

一体どうして、と冷や汗が止まらない。

「おいお前、魔道具を持ってるな」

「えっ」

すると、そう言って睨まれたメガネくんは「あ」という声を漏らす。そしてわたしも、気が付いてしまった。

「メガネの魔道具なんて、変なもん着けやがって。危険性は無さそうだが、一応回収するからな」

メガネくん、うっかりしすぎにも程がある。これで目を付けられたらどうするんだ。けれど、彼にとってメガネは最早身体の一部くらいの認識があったのかもしれないと思うと、仕方ないような気もしてくる。

そして、誘拐犯が乱暴にメガネくんのメガネを取った。

「えっ」

それと同時に、わたしの口からは間の抜けた声が漏れていた。

なんと初めて見たメガネくんの素顔は、息を呑むほどの美少年だったのだ。けれど婚約者役であるわたしが驚いていてはおかしいと思い、慌てて口を噤む。

彼の瞳は甘い蜂蜜のような金色をしていて、どこかで見たことのあるような、ひどく綺麗な顔立ちをしていた。

「へえ、こっちのお嬢ちゃんだけじゃなく、こいつも高く売れそうだな。ラッキー」

男はいやらしく笑うと、再び荷台から姿を消した。

それと同時に吐き気すらするような浮遊感に襲われ、次の瞬間、わたしは意識を手放していた。

◇◇◇

「……おい、起きろ」

「う、」

ゆっくりと目を開ければ、すぐ目の前には見慣れない美少年の顔があって。メガネくんだと理解するのに、かなりの時間を要した。無駄にキラキラとしていて、落ち着かない。

「ここは？」

「どうやら気を失っている間に、奴らのアジトへと連れて来られたらしい。予定通りだ」

身体を起こし辺りを見回すと、どうやらここは地下牢か何からしい。同じ牢の中には、わたし達以外にも同じく攫われてきたらしい、大勢の少年少女がいた。

その上、牢はいくつもあるらしく、かなりの数の人間が捕われているようだった。皆泣き続けていて、こんなことをしている人間への怒りがふつふつと込み上げてくる。

予定ではメガネくんがここからこっそりと抜け出し、すぐに味方を呼び、一気に包囲して捕まえる作戦になっていた。メガネくんはかなりの手練《てだれ》らしく、あのエルですらメガネくんの強さを認め、褒めていたから安心だろう。

「じゃあ、これから脱出をするんですよね」

「……実は、予定外のこともあったんだ」

「えっ？」

メガネくんはひどく気まずそうな、申し訳なさそうな表情を浮かべている。なんだか嫌な予感しかしない。

「先程、気絶している間に魔力を奪われたらしい。魔力を吸収する魔石など、この大陸中でも片手で数えられるくらいしか存在しない。まさかこんな奴らが持っていたとは……」

「えっ」

「普通の人間ならば数週間かかるところを、俺は二日程で回復することができるんだが……つまり、その間はここで過ごすことになりそうだ」

「ええっ」

まさかすぎる展開に、驚きを隠せない。とにかく捕まりさえすれば、すぐに脱出できるという話だったのだ。そもそも魔力を吸われたような感覚もなかった。いつの間に。

「……本当にすまない、これは俺達側のミスだ。今は謝ることしかできないが、ここにいる間、お前に危険が及ばないよう全力を尽くすと誓う」

「あっ、はい。大丈夫です」

こんなにもしおらしいメガネくんは、なんだか落ち着かない。元々、貧民街にいた時にはもっと酷い環境で寝泊まりしていたのだ。それに彼らだって、これから売り飛ばすであろう商品を傷付けることなどしないはずだ。

「俺に出来ることなら、何でもするから言ってくれ」

「えっ……じゃ、じゃあ此処で寝泊まりする分、お給料を少しだけ上げてもらうことってできます……？」

「そんなことでいいのか？　約束しよう」

「やった！　ありがとうございます、頑張ります！」

「……本当に変な奴だな、お前」

そしてわたしはこの硬く冷たい牢屋の中で、メガネくんと二日間を過ごすことになってしまったのだった。

◇◇◇

「……暇ですね」

「ああ」

牢の中で目が覚めてから、どれくらいの時間が経っただろうか。一時間程の気もすれば、五時間くらい経ったような気もする。全く時間の感覚がない。

わたしはメガネくん、もとい元メガネくんと共に硬く冷たい壁に背を預け、座り込んでいた。

そうしているうちに、食事らしいパンひとつが全員に配られた。とても硬くて小さく、喉が渇いてしまいそうだ。元メガネくんにどうしてこんなに少ないんだろうと尋ねれば、抵抗する気力や体力を削《そ》ぐためだろうと教えてくれた。

同じ牢の中は同年代の少年少女が多かったけれど、中には兄妹らしい小さな子もいて。「お兄ちゃん、おなかすいた」と言っているのを聞いたわたしは、その子にゆっくりと近づいていき、そっと自分のパンを差し出した。

「いいの……？　でもおねえちゃんの分、なくなっちゃう」

「わたしはさっき捕まったばかりで、お腹いっぱい食べたあとだったから大丈夫だよ。良かったら食べて」

「ありがとう！」

　そう言うと、女の子はすぐさま硬いパンにかじりついた。余程お腹が空いているのだろう、ひどく胸が痛んだ。兄らしき少年にも何度も礼を言われ、逆に申し訳なくなったくらいだ。

「……お前、本当にお人好しだな」

「ありがとうございます」

「別に、褒めていない」

　すると元メガネくんはパンを半分にちぎり、わたしに一方を手渡してくれた。それも少し大きい方だ。

「そんな、元メガネくんの分が……」

「なんだその呼び方は。俺は腹が減っていない、食え」

「じゃあお言葉に甘えて、いただきます」

　硬くて味のしないパンだったけれど、ゆっくり何度も噛めば、割と満腹感を得られることが出来た。

　そうして昼食と呼べるか怪しいものを終えると、再び暇になったわたしは元メガネくんに話しかけてみる。

「元メガネくんは、何歳からお仕事をしてるんですか？」

「……物心ついた時には、教育を受けていた。あと、その呼び方はやめろ。クラレンスでいい。魔力を少しでも溜めるために、お前に掛けていた認識阻害の魔法も解除してある」

「えっ？　クラレンス、クラレンス、クラレンス……あっ、本当だ！　名前を覚えられます！」

「そう何度も呼ぶな」

　クラレンスさん、と呼んでみると、さん付けも敬語もいらないと言われてしまった。なんだか今日の彼はいつもよりフレンドリーだ。エルがいないこと、そして二日間ここにいることになってしまった罪悪感のせいだろうか。

「そんなに小さい頃からなんて、すごいね」

「別に。選ばれた者として、当たり前のことだ。それにエルヴィス様は俺なんかと比べ物にならないほど、すごいんだぞ」

　不意に出てきたエルの名前に、どきりとしてしまう。わたしの知らないエルの過去を、クラレンスは知っているのだろう。もちろん、本人のいないところで話を聞こうなどとは思っていないけれど、羨ましくもあった。

　そして「選ばれた者」という初めて聞く言葉が気になったけれど、あまりお仕事のことを尋ねるのはよくないと思い、突っ込まないでおく。

「そういえば、どうしてあんなメガネをかけてたの？」

「別に、何でもいいだろう」

「隠しているなんて勿体ないよ、こんなに綺麗なのに」

　じっと彼の瞳を見つめれば、ぱっと目を逸らされた。

「……他人と、目を合わせるのが苦手なんだ」

「あっ、そうなんだ。ごめんね」

「別に。それにお前だって、綺麗な瞳をしているだろう」

「えっ」

　彼のこの謎の素直さには、時々驚かされてしまう。ちなみにわたしの紫と桃色が混ざったような瞳の色は、この国でもとても珍しく気に入っている。

「なんだかお前は、貴族令嬢らしくないな」

「平民の方が長いからね」

「そうなのか？」

「うん」

　そしてわたしは、自身の過去を掻い摘んで彼に話した。意外にも彼はしっかりと相槌を打ってくれて、最後まできちんと話を聞いてくれた。

「……なんと言うか、色々と大変だったんだな」

「でもそのお陰でエルと出会えたし、今は幸せだよ」

「その、お前はエルヴィス様を」

「うわあああん！」

クラレンスが何かを言いかけた時だった。先程パンをあげた女の子が突然、大泣きし始めたのだ。兄が慌てて泣き止ませようとしているけど、酷くなるばかりで。

大丈夫だろうか、変に他人の自分が声を掛けない方がいいだろうかと、心配になりながら見つめていると、見張りをしていた男が牢の中に入ってきた。

「チッ、うるせえなあ。その声、イライラすんだよ。そもそもお前は高値で売れねえんだ、捨ててきてやろうか」

苛立った様子の男は、女の子の前まで行くと右手を振り上げた。兄はそんな妹を庇《かば》うように、きつく抱きしめている。

そして気が付けばわたしは、そんな兄妹と男の間に飛び込んでいて。次の瞬間、頬に鋭い痛みが走っていた。

「な、なんだよお前！　お前の顔に傷を付けたとなれば、俺が兄貴に怒られちまうだろうが！　ふざけんなよ」

男はそう言うと、焦ったように牢から出て行く。つい割って入ってしまったけれど、結果的に良かったようだ。そしてほっとしたのも束の間、クラレンスがすっ飛んできた。

「っお前は馬鹿か！　どうして、」

「わたしは慣れてるから、これくらい大丈夫だよ」

「何を言って……とにかく、危険が及ばないようにすると言ったのにすまない、俺のせいで」

「そ、そんな謝らないで！　わたしが勝手にしたことだもの、クラレンスは何も悪くないよ」

男の人に叩かれたのは初めてだったけれど、サマンサに数発連続で殴られた時の痛みに似ている。

これくらいなら、大したことはない。全然耐えられる。

「っおねえちゃん、ごめんね……！」

「庇ってくれて、ありがとうございました……」

「あっ、全然大丈夫だよ！　気にしないで！」

ぽろぽろと涙を流し、ぎゅっと抱きついてきた兄妹の頭を撫でるわたしを、クラレンスは戸惑ったような表情で見つめていたのだった。

◇◇◇

「……くしゅんっ」

それからまた、数時間ほど経っただろうか。夜になったのか牢の中は冷え込み始めていた。けれどもちろん、毛布なんてあるはずもなく。

これでは風邪を引いてしまいそうだと思っていると、こちらを見ていたクラレンスが口を開いた。

「寒いのか」

「うん、少しだけ」

「これを着ていろ」

彼は自身の上着を脱ぐと、わたしに掛けてくれた。けれどそれでは彼だって寒いはずだ。

そう思ったわたしはクラレンスに近づくと、上着を彼にもかかるようにかけ直した。

「へへ、あったかい。ありがとう」

「……っ」

「眠たくなってきたから、ちょっとだけ眠るね」

「……ああ」

それからすぐに、わたしは眠ってしまっていたらしい。

エルとお腹いっぱいお菓子を食べる幸せな夢を見ていたわたしは、突如建物内に響いた爆発音で目を覚ました。いつの間にかクラレンスの肩にもたれかかっていたようだ。

「あっ、ごめんね！　なんだろう、この音……!?」

「……この魔力は、まさか」

そうしているうちに牢がぐにゃりと曲がり、人が出入り出来るような大きさの隙間ができていく。

やがて牢の中へと入ってきたのは、なんとエルだった。その後ろには、ユーインさんまでいる。

助けに来てくれたのだと、ひどく安堵するのと同時に、エルの片目が眼帯に覆われていることに気が付いた。

怪我でもしたのだろうかと心配になりながら見つめていると、やがて彼の片目は驚いたように見開かれた。

「……その顔、どうした」

「えっ？　ええと、ぶつけちゃったような感じで」

ついそんな嘘をついてしまったけれど、他人の手によって叩かれたことなどきっと、一目瞭然だろう。

次の瞬間、エルはクラレンスのお腹の辺りを思い切り蹴り飛ばしていて。そして彼はわたしが止める間もないまま、倒れ込んだクラレンスをぐっと踏みつけた。

その瞳はぞくりとするほど、冷え切っている。

「おい、お前は何をしてた？　その手足は飾りか？」

今までに見たことがないくらい、エルは怒っていた。

◇◇◇

「お前のこと、買い被り過ぎてたんだな」

「っすみま、せん……」

「エルヴィス、どうかその程度で許してあげてください」

「は？　お前もお前で、大した力もねえ奴らのクソみたいな作戦を容認した責任を取れよ」

「……すみません」

一体なんだろう、この雰囲気は。まるで上司に叱られる部下達、という感じだ。

……もしかしてエルは、わたしが怪我をしたことでこんなにも怒っているのだろうか。頬の怪我については クラレンスが悪いわけではない。わたしが勝手にやった事だ。

エルにお腹を踏みつけられているクラレンスは、苦しそうで。わたしはそんなエルの足をぎゅっと摑んだ。

「エル、ごめんね。わたしが勝手に怪我をしただけで、クラレンスは悪くないの。本当にごめんなさい」

「……はっ」

エルは何故かそんなわたしを鼻で笑うと、ひどく苛立ったような表情を浮かべたまま、クラレンスから足を退《ど》けた。

そしてわたしに背を向けると、エルはユーインさんの名を呼んだ。それだけで言いたいことを理解したらしく、ユーインさんは「わかりました」と頷いた。その表情は、暗い。

「ジゼルさんとクラレンスも私に触れて下さい。既にこのアジト内は制圧済みですので、ここにいる方々も順次解放されます。私の魔法で、一足先に戻りましょう」

クラレンスも、ひどく気まずそうな表情を浮かべたまま立ち上がると、ユーインさんの肩に手を置いた。わたしも慌てて、ユーインさんの腕に触れる。

次の瞬間には覚えのある浮遊感に襲われ、気が付けば学園内の寮のエルの部屋に、わたし達は立っていたのだった。

◇◇◇

エルの部屋へと戻ってきたものの、ユーインさんは今にも死にそうな顔をしていた。そういえば以前、数人まとめての長距離の転移魔法は疲れる、と言っていたことを思い出す。

わたし達がどこに捕らえられていたのかはわからないけれど、四人一気に移動したのだ。かなり身体に負担がかかっていたに違いない。心配になり声をかければ「大丈夫です」と酷い顔色のまま、微笑まれてしまった。

そんな彼とクラレンスは、わたしに対して再び丁寧に謝罪をしてくれて。こちらに背中を向けてソファに座っているエルにも、謝罪と感謝を述べていた。そして後日、改めて謝罪と礼をすると言い、部屋を後にした。

そうしてエルと二人きりになったものの、室内には気まずい雰囲気が漂っている。

間違いなく、彼はまだ怒っていた。

「エル、ごめんね」

「…………」

もちろん、返事はない。きっと、かなりの心配をしてくれた筈だ。だからこそエル自身が助けに来てくれたのだろう。

それと同時に、一番大切なことを伝えていないことに気が付き、わたしは背を向けたままの彼のすぐ隣に腰掛けた。

「エル、助けに来てくれてありがとう。本当に嬉しかった」

けれどやっぱり、彼は何も言ってはくれない。出て行った方がいいだろうかと、悩んでいた時だった。

「……むかつく」

「えっ？」

「あいつに引っ付いて名前まで呼んで、あのまま居た方が良かったんじゃねえの」

そんなことを、エルは言ってのけた。

クラレンスに引っ付いて、というのは彼と上着を一緒にかけるために、隣にいたことを言っているのだろう。名前呼びだってメガネが奪われ、メガネくんじゃなくなったからだ。

そんなことがむかつくなんて、理由はひとつしかない。

「もしかして、焼きもち……？」

「んな訳ねえだろ、バカじゃねえの。アホ、タコ」

エルは否定したけれど、絶対にそうだ。彼が心配をしてくれている間、わたしが呑気にクラレンスと仲良くしていたと思い、拗ねているに違いない。

そう思うとやっぱり嬉しくて、愛しくて。

「わたしはエルが一番大好きで、大切だよ。助けに来てくれた時、格好よかった。本当にありがとう」

飛びつくように彼の背中に抱きつけば「暑苦しい」「バカ」「ほんとむかつく」という三連発をいただいた。

けれど今日も、振り払われることはない。愛しさが抑えきれず再び「大好き！」と言えば「しつこい」と返された。

しばらく抱きついていた後、流石に暑くなってきたわたしは彼から離れる。するとエルは振り返り、まだ少しだけ痛むわたしの頬へと視線を向けた。

「……それ、痛かったか」

「ちょっと痛かったけど、大丈夫だよ」

「どんな奴にやられた？」

「ええと、見張りをしていた赤髪の若い人かな」

「わかった」

素直に答えてしまったものの、そんなことを聞いてどうするのだろう。不思議に思っていたわたしに、彼は続けた。

「あと、もうこういうのやめろ」

「こういうの？」

「察しろ、クソバカ」

こういうの、の意味がわからずにいると、エルは再び苛立ったような様子を見せた後、口を開いた。

「だから、お前が近くにいないと落ち着かないんだよ」

「……えっ」

エルの突然のそんな言葉に驚いたわたしの口からは、間の抜けた声が漏れ、固まってしまう。

彼にそんなことを言われたのは、初めてで。ずっと、わたしの気持ちばかりが大きいのだと思っていた。だからこそ、迷惑ではないかと不安に思うこともあった。

嬉しさと安心したような気持ちでいっぱいになり、視界が揺れる。それを隠すように、再び彼の胸の中に飛び込んだ。

「っずっとずっと、一緒にいる」

「……あっそ」

「エル、大好き」

「知ってる」

そしてエルは、ぐすぐすと泣き出したわたしの頭に自身の顎を乗せると「二度と心配かけんな、バカ」と呟いた。

◇◇◇

エルに抱きついたまましばらく泣いた後、ふと見上げればガラス玉のような碧眼と視線が絡んだ。けれど今、ふたつのうちひとつは真っ黒な眼帯で覆われていて。一体何故だろうと心配になり、尋ねてみる。

「ねえエル、右目どうしたの？　怪我とか？」

「別に」

「もしかして、助けにきてくれたことに関係ある……？」

「さあな」

否定をしないあたり、怪しい。余計に気になってしまう。

「大丈夫なの？　痛くない？」

「ああ。使ったらこうなるだけだ。それに、そのうち治る」

「つかったら……？」

そもそも、エルやユーインさん達は、どうやってわたし達の居場所を突き止めたのだろう。

けれどエルはそれ以上、教えてくれる事はなかった。

「あ、明日から三日は来るなよ。いないから」

「ええっ」

「これでも着けとけ。あと一人で学園から出るな」

わたしが側にいないと落ち着かないと言っていたエルは、なんと早速三日も会えないらしい。寂しいけれど、用事があるのならば仕方がない。

預けていたネックレスを受け取ると、わたしはすぐにそれを首から掛け、大人しく過ごすことを決めたのだった。

◇◇◇

翌朝。少し回復した魔力で、まだ少しだけ腫れていた頬を治したわたしは、今日は何をしようかと頭を悩ませた。三日間も一人ぼっちなのだ。暇すぎる。

結局、お決まりの図書館に行くことにし、身支度を済ませ部屋を出ようとした時だった。

コンコンと窓をノックされ、すぐに開ける。予想通りそこにいたのはユーインさんで、彼は今日もわたしの顔を見るなり申し訳なさそうな表情を浮かべた。

「昨日は本当にすみませんでした、体調は如何ですか？」

「いえ、気にしないでください。身体の方もバッチリです」

「それは良かったです。早速なんですが、お詫びとお礼をお渡ししたいので、一緒に来ていただけますか？」

「あっ、はい」

もちろん暇だったわたしは、いつものようにユーインさんの手を取る。そして彼の魔法で移動した先は、テーブルとイスだけがある、真っ白な広い部屋だった。

そしてその椅子のひとつには、クラレンスが腰掛けていた。今日も彼は素顔のままで、暗い牢の中とは違い明るい場所で見ると、更にキラキラとしていて落ち着かない。もしかして、メガネの予備を持っていないのだろうか。

「ここが何処かは教えられないのですが、間違いなく安全な場所ですのでご安心を」

「わかりました」

ユーインさんはそう言ったけれど、この空気をわたしはなんとなく知っている気がした。

クラレンスはわたしを見るなりすぐに立ち上がると、こちらへ向かって深々と頭を下げた。

「本当に、すまなかった」

「わたしは平気だから気にしないで。顔を上げて欲しいな」

「……すまない」

彼は気まずそうな顔をしたまま、顔を上げてくれた。

やがて椅子を勧められ、腰掛ける。すると向かいに座ったユーインさんは「まず、お手伝いをして頂いたお礼です」と大きめの布袋をわたしに手渡した。

やけにずっしりしているそれを恐る恐る開けてみれば、信じられない額のお金が入っていて、わたしは慌てて袋を閉じた。こんなもの、最初に言われた額どころではない。

「こ、こんなに受け取れません……！」

「しっかりお礼をしないと、エルヴィスにも許して貰えなくなりますから。受け取ってください」

そう言われてしまえば、突き返すわけにもいかなくなる。丁寧にお礼を言い、大切に使わせてもらうことにした。

「あの、どうしてエルとユーインさんが助けに来てくれたんですか？　もしかしてユーインさんとクラレンスって、同じお仕事なんですか？」

「まあ、そんなところです」

ユーインさんは曖昧に微笑むと、何も知らないままだったわたしに当日のことを話してくれた。

「お二人には攫われて転移移動するまで、見張りがついていたんです。けれど消えたのを確認した後、半日経っても連絡はない。クラレンスはこう見えて仕事は出来るので、何か予測不能な出来事があったのだと判断しました。そして丁度その頃、エルヴィスが私に使いを送ってきたんです。ジゼルはまだ戻って来ていないのか、と」

「エルが……？」

「はい。そこで、状況を説明をするためにエルヴィスの下を訪ねたんです。あんなに怒っているエルヴィスを見たのは、いつぶりでしょうね。彼は怒ったらとても怖いんですよ」

勝手にしろ、なんて言いながらもきっと、ずっと気にかけてくれていたのだろう。胸がじんわりと温かくなる。

「その上『あいつに何かあったら、全員殺すからな』とまで言われてしまいました」

「ええっ」

「そして私達だけでは頼りないからと、あの面倒臭がりなエルヴィスが自ら助けに行くと言い出したんですよ。本当に貴女が大切なんですね」

言葉は物騒すぎるけれど、エルはわたしが思っている以上に、わたしのことを大切に思ってくれているらしい。いけないと思いながらも、つい頬が緩んでしまう。

「そしてエルヴィスが魔眼を使ってくれたお蔭でジゼルさんの居場所がわかり、すぐに助けに行くことができました」

「魔眼……？」

彼の眼は特別だと以前言っていたけれど、それのことなのだろうか。気になったものの、エルが教えてくれなかったことをこっそり聞くのは嫌でこれ以上は触れないでおく。

けれどひとつだけ、尋ねておきたいことがあった。

「あの、エルの眼は大丈夫なんですか……？」

「何も聞いていないんですか？」

「はい。今日から三日留守にする、と聞いているだけで」

そんなわたしの言葉に、ユーインさんは驚いたように切れ長の両の目を見開いて。やがて眉尻を下げ、笑った。

「間違いなく、エルヴィスはあの部屋にいますよ」

「えっ？」

「魔眼を使ったあとはその反動で数日、体調を崩すんです。貴女に心配をかけたくなくて、そんな嘘を吐いたんでしょうね。元々はそれを治せる治癒魔法使いがいたのですが、今は隣国に飛ばされ……いえ、出張に行っておりまして」

「そんな……」

つまりエルは今、わたしを助けたことにより体調を崩しているのだ。心配をかけまいと、留守だと嘘まで吐いて。

以前、彼が風邪を引いた時のことを思い出す。風邪ひとつであれだけ苦しんでいたのだ。今あの部屋で一人、彼が辛い思いをしていることを想像するだけで、胸がひどく痛んだ。

「あの、エルのところに送ってもらえますか」

「もちろん、喜んで」

きっと、わたしにできる事は多くないけれど。それでも、少しでもエルの側に居たかった。

「ジゼルさんにとっても、エルヴィスは大切なんですね」

「はい、エルは大切な家族ですから！」

わたしがそう言い切れば、ユーインさんもクラレンスも何故か不思議そうな、戸惑ったような表情を浮かべた。

「……あの、本当にそれだけですか？」

「他に、何かあるんですか？」

「なるほど、わかりました。これからもエルヴィスのこと、よろしくお願いしますね」

もちろんです、と大きな声で返事をすれば、ユーインさんは何故か「貴女はやっぱり、いいですね」と笑った。

「……ジゼル」

「うん？」

「その、後日俺からも詫びをさせて欲しい」

そう言ったのはここに来てからというもの、驚くほど静かだったクラレンスだった。大好きなエルにあんな態度を取られたのだ、余程へこんでいるのだろう。

「俺の気が済まないんだ。何でもする」

「じゃあ今度、美味しいケーキ奢って欲しいな」

「そんなことでいいのなら、わかった」

未だに表情の暗い彼に「約束ね！」と言うとわたしは立ち上がり、ユーインさんの下へと向かう。

すると彼は「ああ、そうだ」とポケットからエメラルドらしき緑色の宝石のついた指輪を出し、わたしに手渡した。

「これ、作っておきました。私からのお詫びの品です。風魔法を少し使えるようになるもので、エルヴィスの部屋の窓への行き来くらいは出来るかと」

「こ、こんな素敵なものを頂いていいんですか？」

「もちろんです。貴女のために作ったんですから」

実はいつも、窓下から叫んで彼を呼ぶのは不便で仕方なかったのだ。とても嬉しいプレゼントだ。

そしてわたしは貰った指輪を早速嵌め、クラレンスに「ケーキ楽しみにしてるね、またね」と手を振ると、ユーインさんの手を取り、エルの部屋へと向かったのだった。

◇◇◇

ユーインさんにお願いして男子寮の前まで送り届けてもらったわたしは、早速指輪の使い方を教えてもらった。そして魔法でふわふわと飛ぶと、エルの部屋の窓を開けた。

エルが窓の鍵を閉めていないのは知っていたし、彼だっていつも勝手にわたしの部屋に入ってくるからお互い様だ。

窓からひょっこりと顔を出すと、エルがひどく辛そうな表情を浮かべ、ベッドに横たわっているのが見えた。熱があるのか顔は赤く、びっしょりと汗をかいている。

エルはすぐにわたしに気が付いたらしく、辛そうに細めていた両目を少しだけ見開いた。

「……おまえ、なんで、いんの」

今日は眼帯は身に着けておらず、昨日隠されていたエルの青いはずの右の瞳は、深い黒色に染まっていた。これも、魔眼を使った後の影響なのだろうか。

少しだけ驚いてしまったものの、わたしはすぐにいつも通りの笑みを浮かべ、ひょいと部屋の中に入った。

「ごめんね、エルが心配で来ちゃった」

「来んなって言っただろ、クソバカ」

拗ねたような声を出す彼に近寄りその額に触れてみると、ひどく熱い。冷やしたタオルを載せた方がいいだろう。とりあえず、持っていたハンカチでそっと汗を拭った。

「ねえ、どうして何も言ってくれなかったの？」

「べつに、なんでもいいだろ」

「知らないところでエルが辛い思いをしてるの、嫌だよ」

真剣にそう伝えれば、エルはわたしから視線を逸らし、気まずそうな表情を浮かべて。

「……格好悪いだろ、こんなの」

やがて、そんなことを消え入りそうな声で呟いた。

エルがそんなことを気にしていたなんて、とわたしは再び驚いてしまう。けれどすぐに、彼の体温の高い手を取った。

「そんなことない、エルはいつでも格好いいよ。誰よりも格好いい。本当に本当に格好いいよ！」

必死に否定をすれば「ほんとうるさい、おまえ、やだ」と言ってエルは寝返りを打ち、わたしに背を向けた。

うるさいと言われてしまい、病人の前で大声を出してしまったことを反省する。騒がしくしてごめんね、と謝った後、その背中に小さな声で話しかけた。

「エル、助けに来てくれて本当にありがとう。さっき、ユーインさんからお礼を沢山もらったんだよ。元気になったら一緒に、美味しいもの食べに行こうね」

「……ん」

それからすぐ彼は深い眠りに落ち、わたしは看病するための道具を取りに急いで自室へと戻ったのだった。

◇◇◇

それから、二日が経った。昨日まで水分しか取れなかったエルもだいぶ具合が良くなったようで。

真っ黒だった瞳の色もほぼ青色に戻っていて、わたしはひどく安堵していた。

そろそろ食事をと思い、彼が眠った隙に女子寮へと戻ったわたしは今、共有スペースのキッチンに立っている。何か食べやすいものをと考えた結果、スープを作ることにしたのだ。

「よし、できた……！」

料理は初めてしたけれど、ちょうどキッチンにいたクラスメイトに教えてもらい、何とか完成させることができた。そうして大きな鍋を抱え、ふらふらと男子寮へ向かう。

エルの部屋へと戻れば、彼は既に目を覚ましており、身体を起こして壁にもたれかかっていた。顔色もだいぶ良い。

鍋を抱えて入ってきたわたしを見て、エルは眉を顰《ひそ》めた。

「あのね、エルのためにスープを作ってみたの」

「……お前が？」

「うん。料理をするのは初めてだったけど、お家が食堂の子に教えてもらいながら作ったから、大丈夫だと思う」

包丁を初めて持ったわたしは途中何度も指を切ってしまったものの、その都度魔法で治していた。やはり便利だ。

エルの部屋にふたつだけある食器を借り、それにスープを盛り付ける。自分で作っておきながら何だけれど、ものすごい量だ。一体何人分あるのだろうか。

「気合入れて作りすぎちゃったんだけど、残していいからね。さっき男子寮の前でクラスメイトの子達に会って、余ったら食べるって言ってくれたし」

鍋を持って歩いている不審人物のわたしに、彼らは声を掛けてくれて「ぜひ食べたい」と言ってくれたのだ。

「……全部食う」

「えっ？　でも、本当にたくさんあるし」

「うるさい、同じこと何度も言わせんな」

そんなにお腹が空いていたのだろうか。「わかった」と返事をすると、わたしは慌ててスプーンでスープをひと口分すくい、彼の口元へと運んだ。

「はい、あーん」

「は？」

するとエルは、信じられないものを見るような目でわたしを見た。

「具合の悪い時はいつも、お母さんがこうしてくれたの」

「バカ言うな、無理に決まってんだろ」

「どうして？　もしかして本当は食べたくない？」

そう尋ねれば、エルは戸惑うような、躊躇うような様子を見せたけれど。

やがて小さく口を開けてくれ、そこにスプーンを滑り込ませる。なんだか雛鳥みたいで可愛い。

けれど直後、彼はなぜか片手で顔を覆った。

「……本当、俺もどうかしてる」

そう呟くと、エルはわたしの手から引ったくるようにスープの入った器を取った。

「自分で食える」

さっきの姿があまりにも可愛かったから少しだけ残念だけれど、食べてくれるだけで嬉しい。それからエルはあっという間に器の中身を平らげ、二回もおかわりをしてくれた。

「エル、たくさん食べてくれてありがとう」

「……悪くなかった」

「本当？　嬉しい！」

エルにとっての「悪くない」は「良い」だと、わたしはよく知っている。自分の作ったものを誰かに食べてもらうことが、こんなにも嬉しいことだなんて知らなかった。

「残りは後で食うから、置いておけよ」

「うん！　ありがとう」

わたしは鍋の蓋を閉めると、再びベッドに横になったエルのすぐ近くに腰掛ける。なんだか幸せな気分だ。

「練習して、お菓子も作れるようになりたいな」

「あっそ」

「でもお菓子って、料理より難しいんだって。出来るかな」

「知るか。まあ、正直に不味いって言ってやるのは俺くらいだから、他の奴には食わせるなよ」

「た、確かに……！　わかった、そうするね」

そうして再び「寝る」と瞳を閉じたエルが、早く良くなりますようにと祈りながら、柔らかな銀髪をそっと撫でた。

まる、さんかく、しかく

「ねえ、エル。明日ね、クラレンスからお詫びにケーキをご馳走してもらう事になったんだけど、一緒に行かない？」

エルの体調が良くなった数日後、わたしの下へクラレンスから手紙が届き、先日約束したケーキを食べに行こうというお誘いが、お手本のような丁寧な字で綴られていた。

きっと彼は大好きなエルと気まずいままで、辛い思いをしているに違いない。そう思ったわたしは、勝手ながらエルを誘うことにしたのだ。

とは言え、いつもの様に「面倒くさい」「だるい」「行かない」と言われてしまう気がしていたのだけれど。

「わかった」

「えっ」

まさかの彼の返事はイエスだったのだ。思わず驚いてしまい「なにか文句あんのかよ」と言われてしまった。

「ううん、とっても楽しみ。あっ、そうだ！　帰りに少しだけドレスを見てもいい？　来週王城に行く時用のを買わないと」

「勝手にしろ」

そうしてわたしは、クラレンスに「エルも一緒に行ってくれるそうです。楽しみにしています」と、返信用に入っていた便箋に返事を書いた。

そして指示通りに折り畳み窓から飛ばすと、それはふわりと鳥の形になり空高く飛んでいったのだった。

◇◇◇

「エルヴィス様、本当に申し訳ありませんでした……！」

そして当日。待ち合わせ場所に現れたクラレンスは、いきなり地面に両手をつき頭を下げた。

彼の気持ちは痛いくらいに伝わってくるけれど、ここは王都の街中のど真ん中なのでやめて欲しい。行き交う人々の視線を集めてしまっている。

「さっさと立て、クソメガネ」

「許してくださいますか……？」

「寝る暇もないくらい修行しろ」

「はいっ！　ありがとうございます！」

彼の場合、本当に寝ないで修行しそうだから怖い。けれどそれから二人はいつも通りになっていて、内心ほっとした。

「良かったですね、クラレンス」

そう、そして今日はユーインさんもいるのだ。丁度彼も今日は休みだったらしく「私だけ仲間外れなんて酷いです」なんて言って、いつもの柔らかい笑みを浮かべていた。

エルはクソメガネと言ったけれど、今日も彼はあのメガネをかけていない。さらりと長めの若草色の髪が揺れている彼は、誰がどう見ても美少年で。エルやユーインさんといることで余計に、辺りの女性の視線をかっさらっていた。

それからは、クラレンスが予約してくれたというカフェに向かったのだけれど、なんとそこは王都一の人気を誇るお店だった。クラスメイトの女の子達から話を聞いたことがあって、ずっと気になっていたのだ。予約が取れないことでも有名だとも聞いていたから、余計に驚きを隠せない。

「ここ、ずっと来てみたかったの！　予約取れないって有名なのに……ありがとう、すごく嬉しい！」

「フン、適当にたまたまうっかり選んだだけだ」

わたしに対してもいつも通りの態度に戻っていて、なんだかほっとする。刺々《とげとげ》しい態度に慣れていたせいか、控えめな彼の態度はなんだか落ち着かなかったのだ。

「うわあ……！　美味しそう！　エルはどれにする？」

「美味いやつ」

「きっとどれも美味しいよ。うーん、わたしはこれかな。半分こするのもいいね」

メニューを見ながら悩みに悩んだ末に注文を終え、やがて運ばれてきたケーキと紅茶はびっくりするほど美味しくて。ほっぺたが落ちるんじゃないかと、本気で思った。

エルも気に入ったらしく、黙々と食べている。可愛い。

「美味しい……しあわせ……」

「お前は折れそうなくらい細いんだ、たくさん食え」

「ふふ、ありがとう」

なんだかんだ、彼は優しい。ふと顔を上げれば、甘い蜂蜜のようなクラレンスの瞳と視線が絡んだ。

「そういえば今日もメガネしてないんだね。こないだもしてなかったし、もしかして予備がないとか？」

「いや、ある」

他人と目を合わせるのが苦手だと言ってたのに、どうしてだろうと不思議に思ってしまう。

「どうして掛けないの？」

「お前が、綺麗だと言っていたから」

「えっ」

「えっ」

そんなことをさらりと言われ、どきりとしてしまう。まさかわたしの一言が原因だったなんて、思いもしなかった。

驚いたのはわたしだけではなかったようで、斜向《はすむ》かいに座るユーインさんもまた、戸惑ったような声を漏らしている。

けれど本当に隠しておくのが勿体ないくらい、彼は綺麗なのだ。嬉しくなって笑みが溢れた。

「絶対、そっちの方がいいと思う。本当に綺麗だもん」

「そうか」

「うんうん……ってエル、ひどい！」

すると不意に、エルはわたしが大切にとっておいたケーキの上の大きなイチゴを、ひょいと食べてしまった。

「最後に大事にとっておいたのに……」

「くだらねえ話ばっかして、さっさと食わないから悪い」

理不尽が過ぎる。けれど結局エルに甘いわたしは、怒ることなんて出来ずに許してしまうから、どうしようもない。

それからはクラレンスに勧められ、あとふたつもケーキを食べた後、わたしは幸せな気持ちでカフェを出たのだった。

その後ドレスを見に行くと話せば、ユーインさんとクラレンスも一緒に行くと言ってくれて、四人でお店に入った。

雑貨から服まで何でも置いている人気の大きなお店で、値段の割に質の良いドレスが多いらしく、クラスメイトの女の子からオススメだと聞いてやってきたのだ。

正直わたしはドレスにあまりこだわりはなく、とにかく髪や瞳の色に合っていれば良いと思っていたのだけれど。気怠げに入り口近くの椅子に座っているエルとは違い、クラレンスはわたし以上に真剣に選んでくれている。

「壊滅的にセンスがないな」

「す、すみません……」

「お前には、こういう方が合うに決まっているだろう」

彼は意外とセンスが良いらしく、薦めてくれるものはどれも可愛くて、何よりわたしに似合う気がした。そして、彼が一番いいと言ってくれた淡い桃色のドレスを試着してみる。

「やはり、よく似合っている」

「本当？　じゃあ、これにするね。クラレンス、一緒に選んでくれてありがとう」

「別に、大したことじゃない」

やっぱり、素直に褒められると照れてしまう。それにわたしも女の子なのだ、嬉しくもあった。

結局、自分が買うと言って聞かないクラレンスを必死に止め、ドレスを自分で買い店を出る。そしてユーインさんとクラレンスに改めてお礼を言い、別れようとした時だった。

エルがクラレンスに突然「おい」と声をかけた。彼に話しかけられて嬉しかったのか、クラレンスは笑顔で振り向く。

するとエルはわたしを指差し、そんな彼に言ったのだ。

「お前、こいつに気あんの？」と。

気があるとはつまり、好きということだ。クラレンスが、わたしを好き。何をどう考えても、そんなはずはない。

わたしとしては、エルと仲良くしている目障りで嫌いな奴から知人にランクアップしたくらいだと思っている。友人だと思ってくれていたら、とても嬉しいくらいで。

「……俺が、ジゼルに、ですか？」

「ああ」

やはりクラレンスの口からは、戸惑ったような声が漏れた。当たり前の反応だと思う。時折エルはわかりにくい、そして本人には言いづらいけれど、あまり面白くない冗談を言うのだ。きっと、今回もそれに違いない。

そういえば彼はいつから、わたしのことをジゼルと呼んでくれていたのだろう。「お前」とか

「おい」だったのに。

そんな中、ユーインさんだけは「おや、困りましたねえ」なんて言い、いつもの笑みを浮かべている。とにかく、この何とも言えない空気をなんとかしようと、わたしは口を開いたのだけれど。

「ねえエル、冗談は」

「お前は黙ってろ」

「はい」

ぴしゃりと黙るよう言われてしまい、余計に気まずい沈黙が続く。クラレンスも早く笑い飛ばしてくれればいいのに。

そんな思いを込めてクラレンスへと視線を向ければ、彼も丁度わたしを見ていたらしく、ばっちりと目が合って。

やがて、彼はふいと視線を逸らすと口を開いた。

「……まさか、そんなわけ、ありません」

「ならいい」

エルのその返事もおかしい気がするけれど、とにかくこの謎のくだりは終わったようで、ほっとする。

「帰るぞ」

「あ、うん」

そうしてわたしは二人に「ありがとうございました！」と手を振ると、慌ててエルの背中を追いかけたのだった。

◇◇◇

「久しぶりですね、ジゼル」

「はい、お久しぶりです。本日はお招き頂き、ありがとうございます」

「ふふ、堅苦しいのはよしてください」

数日後、わたしはクライド様と二人で王城の庭を歩いていた。パーティーの最中、少しだけ話さないかと誘われたのだ。

いつの間にか、クライド様と二人でいるのにも緊張しなくなっていた。彼の穏やかな雰囲気のお蔭だろう。

「連れ出してしまってすみません。こうして誰かと二人で抜け出さないと、母に後で色々言われてしまうんです」

「その相手がわたしで、大丈夫なんですか？」

「はい。君がいいんです」

クライド様は柔らかく目を細め、微笑んだ。背景が美しい花々なせいか、余計に眩しく見える。

それからはお互いに最近のことを話しながら、ゆっくりと庭を見て歩いた。クライド様は相変わらずお忙しいようで、暇だと寝転がってばかりいた自分が恥ずかしくなる。

「素敵なドレスですね、よく似合っています」

「ありがとうございます。実はこれ、クラレンスが選んでくれたんですよ」

「……クラレンスが？」

「はい」

そうしてわたしは、あのお仕事のことは伏せ、先日皆で街中へ出掛けた話をした。

「羨ましいです。僕も君に合うドレスを選んでみたいな」

「そんな、わたしので良ければ、ぜひ」

「ありがとう」

そう言って微笑むと、クライド様は可愛らしい桃色の花を一輪だけ摘み、それをわたしの髪にそっと挿した。

「君は本当に、綺麗ですね」

その仕草も笑顔も、何もかもが。まるで絵本に出てくる王子様みたいで、少しだけどきっとしてしまった。そもそも彼は本物の王子様なんだけれど。

「あ、ありがとう、ございます……」

「僕は今は、婚約者を選ぶ気はないんです。ですから時々、こういう場では付き合ってくれると嬉しい」

「はい、喜んで。任せてください！」

クライド様には勉強を教えて頂いたりと、良くしてもらっているのだ。これくらいで良ければ任せて欲しい。

そうして気合を入れるわたしに、クライド様は「心強いです」と言い、ふわりと微笑んだ。

◇◇◇

「あ、エル、来てたんだ」

王城から学園へと戻り自室へ入ると、ベッドの上には本を読んでいるエルの姿があった。先程まで寝ていたのか、ふわふわとした可愛らしい寝癖がついている。

「新しいドレス、どう？　似合う？」

「さあ」

そう言って、狭い部屋の中をくるりと回ってみたものの、エルは興味なさそうに一瞥《いちべつ》して終わりだった。今日は自分で結った髪も化粧も、上手くいった気がしていたのに。夏休みの暇な時間に、少しずつ練習していたのだ。

それに今日のパーティーでは皆とても綺麗だと褒めてくれたから、少しだけ自信はあったのだけれど。

「たまには何か、言ってくれてもいいのに」

「クラレンスにでも頼め、いくらでも褒めてくれるだろ」

何故そこで、クラレンスが出てくるのかわからない。

「……わたしは、エルに褒めてもらいたいんだよ。他の人に褒められなくたって、エルにさえ褒めてもらえればいいくらい。少しくらい可愛いって、思ってくれたらいいなって」

他の人に褒められるのだって、もちろん嬉しい。けれど誰よりも、エルにそう言ってもらいたいと思ってしまう。それが一体どうしてかは、わからないけれど。

けれど、褒めることを人に強制すること自体がおかしいのだ。「ごめんね、やっぱりなんでもない」と言い、鏡の前に座って髪を解《ほど》こうとした時だった。

「おい、クソバカ」

「…………?」

「思ってるに決まってんだろ」

「え、」

予想もしていなかった言葉を受け、わたしはエルへと視線を向ける。そんなわたしに、彼は続けた。

「可愛いよ、お前は。一番可愛い。これで十分か？」

そんなことをエルはいつもの調子で、本に視線を落としながら当たり前のように言ってのけた。

一番可愛い、という耳を疑うような言葉に、わたしは思わずエルを見つめたまま固まってしまう。

「う、うそだ」

「は？　お前が言えって言ったんだろうが」

「そ、そうだけど、わたしの知ってるエルは、そんなこと言わないもん……」

「ふざけんな、二度と言わないからな」

きっとわたしが言って欲しいと言ったから、適当に言っただけかもしれない。むしろ、言わせたに近い。

それでも、何よりも嬉しくて。わたしは慌てて立ち上がると、ドレスを着たままベッドの上にいるエルに飛びついた。

「ねえねえ、本当にそう思ってる？　本当にいちばん？」

「重い」

「エルも世界一格好いいよ！」

「しつこい」

そうしているうちに髪はぐしゃぐしゃになり、クライド様が挿してくれた花もぽとりと落ちてしまって。

その後「やっぱり、ぶっさいくだな」なんて言われたことも、クライド様に挿して貰った花を何故かエルが燃やしてしまったことも、わたしはやっぱり許してしまうのだった。

◇◇◇

「ねえエル、今日は夜更かしをするから、昼間のうちにたくさん寝ておいてね」

「は？」

　夏休みも後少しとなった今日。残りの宿題をやりながら、わたしは相変わらずベッドで寝転がるエルに声を掛けた。

　エルが宿題をやっている様子は全くないけれど、大丈夫なのかと尋ねても「余裕」としか言わないのだ。怪しい。

「今夜だよ、リネが言ってた流星群が見れるの」

「へえ」

「へえ、じゃなくて！　一緒に見にいこうね」

「だるい。興味ない」

　調べたところ、今日の日付が変わる頃に流星群が見られるようなのだ。いつも早寝早起きのわたしも、間違いなく眠たくなってしまうから、これが終わったら昼寝をするつもりだ。

「とっても楽しみ。お願いごと、考えておかないと」

「バカじゃねえの、そんなもん叶う訳ないだろ」

「とにかく、見に行こうね。お願い！」

そう必死にお願いをすれば、エルはなんとか首を縦に振ってくれた。最近のエルは、前よりもさらに優しくなった気がする。相変わらず口や態度は悪いけれど。

「とりあえず寝る」

「うん。子守唄はいる？」

「いらん。音痴だもん、お前」

「ひどい」

そうしてエルは、あっという間に眠ってしまった。いつでもどこでもすぐに眠れるのは、もはや彼の特技な気がする。

相変わらず、エルの寝顔は天使のようだ。ついしばらく眺めてしまったわたしは、慌てて宿題を終わらせるとソファに横たわり、目を閉じたのだった。

◇◇◇

「こんな時間に外に出るの、ワクワクするね……！」

「ほんっとガキだな、お前」

　そしてその日の夜、日付が変わる少し前。わたし達はエルの魔法で、時計塔の上に登った。この学園で一番高い場所なのだ。先生に見つかったら、怒られそうだけれど。

　座りやすそうな平らな場所に、並んで腰かける。二人して夕飯の時間が過ぎるまで熟睡してしまったお蔭で、こんな時間でも目が冴えていてとても元気だ。

「まだかな？　ドキドキしてきちゃった」

「星なんて見て何が楽しいんだよ」

「きっと、すごく綺麗だよ」

　ふと目線を下に向ければ、敷地内のあちこちに空を見上げている人々がいて。そのほとんどが男女二人組だった。

『男女で見ると、永遠に結ばれるっていうお話もあるんですよ。とてもロマンチックですよね』

　以前、リネがそう言っていたことを思い出す。だからこんなにもカップルが多いのかと、一人納得した。

　もしかすると、他の人からはわたし達もそういう風に見えたりするのだろうか。そんなことを考えると、なんだかくすぐったいような、そわそわした気持ちになってしまう。

「わあ……！」

　そうしているうちに、夜空には少しずつ星が流れ始めた。星が流れていくスピードは、想像していた何倍も速い。願い事をする時間があるだろうかと不安になるくらいだ。

あらゆる方向へと流れていく星達は、まるで生きているようで。想像していた数倍、数十倍、綺麗だった。

「本当に、綺麗だね」

「……ああ」

てっきり、いつものように「別に」なんて言葉が返ってくると思っていたのに。隣に座るエルへと視線を向ければ、彼はひどく真剣な表情でまっすぐに夜空を見つめている。

「まともに夜空なんて見たの、初めてだ」

そしてエルは、ぽつりとそう呟いた。

視界いっぱいに広がる星空の中で見た彼の横顔は、今まで見た何よりも綺麗だった。

何故かじわりと涙腺が緩んでしまい、それを隠すようにわたしは慌てて視線を再び空へと向ける。

やがて視界の揺れが落ち着いたところで、エルに声を掛けた。

「もう、お願いごとはした？」

「さあな。お前は？」

「実はまだなんだ。エルが元気で過ごせますように、エルとずっと一緒にいられますようにって、お願いするつもり」

エルが体調を崩し、辛そうにしている姿は見たくない。それと、いつも思っていることをお願いするつもりだった。ふたつもお願いして大丈夫だろうかと、不安だったけれど。

　そんなわたしを見て、エルは少しだけ驚いたように切れ長の目を見開いて。やがて、いつものように「ほんとお前、バカじゃねえの」と言って笑った。

　けれど、いつもの小馬鹿にするような笑い方じゃなくて、思わずどきりとしてしまうくらい柔らかい笑みだった。

「そんなくだらねえことを願うくらいなら、後百五十年くらい生きられるようにでも願っとけ」

「ふふ、なにそれ」

　これもいつもの、エルの変わった冗談だろうか。けれどエルがそう言うのなら、とわたしは次に流れてきた星に「あと百五十年生きられますように」と願ってみる。とは言え、流石のお星様もこの願いを叶えるのは難しいだろうけど。

「よし、ちゃんとお願いしたよ」

「あっそ」

「来年も、一緒に見ようね」

「気が向いたらな」

「再来年もだからね」

　無造作に置かれていたエルの手を、ぎゅっと握ってみる。すると彼はじっと真顔で、わたしを見つめた。

「……お前って、なんでそんなに俺のことが好きなわけ」

「えっ？」

予想外の問いに戸惑ってしまったものの、星空にもよく似た彼の瞳を見つめ返し、思ったことをそのまま口にする。

「どうしてだろうね」

「は？」

「どうしてかわからないくらい、全部好きだよ」

口だって態度だって悪いけれど、本当は優しいところも。素直じゃないけれど、本当はわたしのことを大切に思ってくれているところも。

お菓子ばっかり食べて野菜が嫌いなところも、すごく負けず嫌いなところも。何もかもが愛しくて、大切だった。

「大好き」

そう言って微笑めば、不意に握っていた手をきつく握り返され、ぐいと引き寄せられた。エルの胸元にぽすりと顔を埋《うず》める形になり、大好きな匂いと体温に包まれる。

「……エル？」

どれくらい、そうしていただろうか。一体どうしたんだろうと思っていると、やがてぱっと手を離されて。顔を上げれば、何故か戸惑ったような表情のエルと視線が絡んだ。

「手が、滑った」

「なにそれ、へんなエル」

「本当にな」

訳がわからなくて、つい笑ってしまえば「笑うなバカ」と怒られてしまった。なんだか可愛い。

けれどそんなエルの手を再びすくいとってみれば、彼は初めてしっかりと握り返してくれて。

「いまね、とっても幸せ」

「……あっそ」

欲張りなわたしは、再び空を駆けていく星に「この幸せがずっと続きますように」と、願わずにはいられなかった。

番外編

向き不向きは誰にでもあるもので

「わあ、かっこいいおにいちゃん！」

「……は？」

目の前の小さな生き物は、俺を見るなり大きな瞳を輝かせ、そう言った。

そいつを抱きかかえたユーインは「そうでしょう、顔と魔法だけが取り柄ですから」なんて言いながら、柔らかな金髪を笑顔で撫でている。

どう見ても五歳くらいにしか見えないそいつは、ユーインに撫でられて嬉しいのか、だらしない笑みを浮かべていた。そんな様子を見ていると、何故かひどく苛立って仕方がない。

「何、そいつ」

「酷いですね、エルヴィス。普通、愛の力でわかるものでは？」

「死にたいのか」

なんとなく気が付いて、いや、確信はしていた。この顔立ちに、見覚えがありすぎる。その特徴的な瞳の色だって、長い人生の中でもあいつ一人しか見たことがない。

そんな俺に向かって、そいつは太陽みたいな笑みを浮かべ、言ったのだ。

「そいつじゃないよ、ジゼルだよ！」と。

◇◇◇

「おなかすいたね」

「俺は空いてない」

「そっかあ」

それから小一時間後、俺はそいつと二人きりで自室にいた。とりあえず腹が減っているようだから、その辺にあったクッキーを適当に手渡せば、嬉しそうに受け取った。

「うまいか」

「うん！　こんなにおいしいもの、はじめて食べた」

「……あっそ」

――どうやらジゼルは、心身共に幼児化してしまったらしい。

魔道具の作り方が気になると言うジゼルを、ユーインが「日頃のお礼に、いくらでもお見せしますよ」と言い、連れて行ったのだ。そして転移魔法で姿を消して三十分後、やけに戻ってくるのが早いと思えば、こんな姿になっていた。

『ジゼルさんが滑って転んで、開発中の薬を被ってしまったんです。試作段階なので、一日ほどで元に戻るとは思います。健康にも害はないかと』

『ふざけんな』

『身体だけ子供になる薬のつもりで作ったのですが、どうやら精神まで幼くなってしまったようで。自分の才能に驚いています』

『死ね』

「とにかく、ジゼルさんのお世話は頼みましたよ」

なんて言うと、ユーインはあっという間に姿を消した。次に会った時、絶対に容赦はしない。

とにかく俺は、子供になったジゼルと二人きりになってしまっていた。

「おにいちゃん、なんていう名前だっけ」

「エルヴィス」

「エルビス」

「……エルでいい」

「エル！　かわいいね」

「…………」

　調子が狂う。そもそも、子供と関わったことなどほとんどない。好きか嫌いかと問われれば、間違いなく嫌いだ。よくわからない、未知の存在だった。

それなのに丸一日面倒を見るなんて、無理に決まっている。とは言え、ジゼルの友人である三つ編みもまだ実家にいるはず。夏休みに寮にいる人間で、こいつを預けられそうな人間などいなさそうだった。

「ねえねえ、あそぼう」

「は？」

「なにしてあそぶ？」

クッキーを平らげた後、今度はそんなことを言い出した。

「遊ばない」

「えっ……」

面倒でそう返事をすれば、ジゼルはこの世の終わりのような表情を浮かべた。その瞳には、みるみるうちに大粒の涙が溜まっていく。こんなことで泣くとは思っていなかった俺は、その辺にあったキャンディを慌てて手渡した。本当に、勘弁して欲しい。

「キャンディだ！　まえにね、いっかいだけ食べたことあるんだよ」

案外、簡単に泣き止んでほっとする。けれどすぐに、突き返された。

「あけて」

「…………」

こんなことも出来ないのかと、溜め息が漏れる。手元に戻ってきたキャンディの包み紙を剥がし、渡してやれば、ジゼルは「ありがとう、エルはやさしいね」と微笑んだ。

「お前、ガキの頃からそんな感じなんだな」

「うん？」

「何でもない」

そして口の中にキャンディをころりと入れると「おいしい」「こんなおいしいもの、いっぱい食べれるなんておたんじょう日みたい」なんて言っている。

ただのクッキーやキャンディで、こんなにも喜ぶのだ。一体、当時のこいつはどんな暮らしをしていたのだろう。かなり貧乏だったとは聞いていたものの、これ程とは思っていなかった。

「そんなもんよりもっと美味いもの、沢山あるぞ」

「えっ、そうなの？」

「……食いたいか？」

「うん、食べてみたい！」

そして気が付けば俺は、そんなことを言い出してしまっていた。

◇◇◇

「わあ、きれい……！」

「見てないで、さっさと食え」

「はいっ」

結局、学園内では目立つと思い、街中のカフェへとやって来た。風魔法を使って移動をしたところ、よほど楽しかったらしく「きゃー！」と騒ぎ倒していた。お陰で耳が痛い。

そしてタルトを頼んでやったところ、初めて見るのかキラキラと瞳を輝かせている。

「えい、えい。あれ？」

けれどフォークをうまく使えないのか、タルトを切り分けることすら出来ていない。これくらいの子供が、こんなにも何も出来ない生き物だとは思わなかった。深い溜め息を吐いた後、ジゼルの分の皿を引き寄せ、一口サイズに切り分けてやる。

「……何で俺が、こんなこと」

「あーん」

「は？」

「あーん、して」

今度は大きく口を開け、そんなことを言い出した。いい加減にしろとは思いつつ、自棄《やけ》になりジゼルの口にフォークを差し入れた時だった。

「エ、エルヴィス様……？」

そんな声に振り向けば、そこにいたのはなんとクラレンスで。それも、いつもの子供の姿ではなく元の姿だった。信じられないものを見るような目で、俺とジゼルを見比べている。

「そ、その子供……その顔、まさかエルヴィス様とあいつの……！」

「お前の頭の中、パンケーキでも入ってんのか？」

　一人でパンケーキを食べに来たらしいクソメガネに、仕方なくジゼルがこうなった経緯を説明してやれば、驚きを隠せずにいるようだった。

「これが、あいつ……」

「あはは、ぐるぐる！」

　話をするために同じテーブルに移ってきたクラレンスを見て、ジゼルはおかしそうに笑っている。

てっきりいつものように怒るかと思ったものの、何故か満更でもなさそうで。

「フン、お前を楽しませるために掛けているわけではない」

「ふん！　あはは！」

　ジゼルは何故か、そんなクラレンスのことが気に入ったようだった。

「エルの、おともだち？」

「さあ、知らんやつ」

「しらないの？　へんなの」

「エルヴィス様、酷いです！」

　そして俺とクラレンスのやりとりを楽しそうに眺めていたけれど、やがて「おにいちゃん、なんて名前なの？」と問いかけた。

「……クラレンスだが」

「クレレンス」

「クラレンスだ」

「クレレッ、レレ……」

思わず吹き出せば、ジゼルは悔しそうに頬を膨らませた。

「ところでエルヴィス様、子供の育て方はご存じで？」

「俺が知るわけないだろ」

「食事はどうされているんです？」

「菓子とケーキは食わせてる」

そう答えると、クラレンスはひどく慌てた様子で俺の両肩を掴み、揺さぶった。

「エルヴィス様、子供にとって食事はとても大切なんです！　そんなものばかり食べさせていては、将来身体を壊しますよ！」

「じゃあ、お前がなんとかしろよ」

「わかりました」

どうせ明日には元の姿に戻るのだ。将来も何もないだろうと思いつつ適当にそう言えば、クラレンスは何故か、真剣な表情で頷いたのだった。

◇◇◇

「きれいなおうちだね！　ひろい！」

「当たり前だろう」

そして俺達は今、何故かクラレンスの家にいる。こいつが神殿ではなく、近くに家を借りて暮らしていたのは知っていたものの、こうして訪れるのは初めてだった。

「エルヴィス様がいらっしゃるとわかっていれば、飾り付けなんかもしておいたのですが……」

「バカか」

そして時折、照れたような様子を見せるのが気色悪い。

広く整頓された広間には、大きなソファとテーブル、それとは別にダイニングテーブルセットが置かれている。ジゼルは柔らかいカーペットが気に入ったのか、床に座り込み、物珍しそうに辺りを見回していた。

「俺は夕飯の仕込みをしてくるから、これで大人しく遊んでいろ」

クラレンスは先程、庭先から持ってきた木を魔法で色々な形に切り取ると、ジゼルの目の前に並べた。しっかりと角は丸く削られており、安全に作られている。

「わあ、つみきだ！　すごい、おにいちゃんもまほう使いなんだね」

「まあな」

クラレンスは再び鼻を鳴らすと、似合わないエプロンを着けてキッチンへと消えていった。なんというか、先程から妙に家庭的な面を見せられている気がする。

カフェの帰り道に三人で市場に寄った際にも、

『これもこれも、おいしそう……』

『菓子はひとつだけ、二十バレルまでだぞ』

『はあい』

『よし』

まるで母親のような顔をして、ジゼルに色々と言い聞かせていたのだ。もしかすると、あいつは子供が好きなのかもしれない。妙に世話を焼きたがっているように見える。

「エル、つみきしよう」

「お前一人でやってみろ」

「わかった！　見ててね」

「おー」

クラレンスの作った積み木を一人で必死に積み重ねていくのを、ソファに背を預け眺める。ただの木の塊で、こんなにも楽しそうに遊べるのは純粋にすごいと思えた。

……果たして、自分が子供の頃はどうだっただろうか。ふとそんなことを考えてみたけれど、楽しかった記憶など何ひとつ思い出すことはできなかった。

　ジゼルは意外にも器用に積み重ねていったものの、やがて残った積み木もあとひとつとなったところで、ぐらりと傾いて。その表情は一瞬にして、泣きそうなものへと変わる。

　思わず魔法で支えてしまい、なんとか揺れが収まるとジゼルは満面の笑みを浮かべた。

「エル見て！　できた！」

「へえ、すごいじゃん」

「えへへ、うれしい」

　そう言ってへらりと笑った顔は、いつも間近で見ているものと同じで。ジゼルがこの姿になってから、たった半日ほどしか経っていないというのに、ひどくあの笑顔が懐かしく思えた。

「おい」

「うん？」

「お前、俺のこと好きか？」

　何気なくそう尋ねれば、ジゼルはソファに腰掛けたままの俺の下へとやってきて「だっこ」と言ってのけた。両手を高く上げ「早く」と言わんばかりの顔をされ、仕方なく持ち上げてみる。

　やはり思っていたよりもずっしりとしていて、温かくて柔らかい。ジゼルは俺に手を伸ばすと、突然頬に自身の頬をぎゅっと押し付けてきた。

「エル、すき！」

「……あっそ」

少しだけ安心したような気分になってしまったことには、気づかないフリをした。

「なんでお前、顔くっつけてんの」

「おかあさんと好きって言うときはね、こうやっていつもほっぺをくっつけて言うの」

「ふーん」

いつも好き好き言ってくる時には、そんなことはしていなかった。どうやら流石のあいつにも、恥ずかしいという気持ちはあったらしい。

「クレンスのことも、すきだよ」

「は？　好きとか言うな」

「えっ、どうして？」

「むかつくから」

「おや。嫉妬ですか？　大人気ないですね」

突然聞こえてきた声に振り返れば、そこには数時間ぶりのユーインの姿があった。

「は？　お前、なんでいんの」

「なんだか楽しそうなので、来ちゃいました。ああ、そうだ。クラレンスに私の分の夕飯も、とお願いして来ないと」

「ふざけんな」

ユーインはそのままキッチンへと行き、クラレンスに声をかけると、再び飄々《ひょうひょう》とした様子で戻ってきた。先程は適当な説明だけして逃げたくせに、あまりにも調子が良すぎる。

けれど昔からこいつは、そういう人間だった。

「不法侵入だと怒られてしまいました、夕飯は作ってくれるそうですが」

「本当にお前は、何をしに来たんだよ」

「子育てをするエルヴィスが見てみたくて」

「殺すぞ」

「こら、だめだよエル！　そんなこと言ったらだめ！」

「……」

「やはりジゼルさんは、子供の頃から優しい方だったんですね」

そう言って、ジゼルの頭を撫でようとしたユーインの手を叩き落とすと、俺は目の前の小さな身体をこちらに抱き寄せた。今の今まで頬を膨らませていたくせに、笑顔で嬉しそうにくっついてくる姿に悪い気はしない。

「どんな姿でも、二人は仲がいいんですね」

そんなユーインの言葉にも、悪い気はしなかった。

◇◇◇

それから数時間後、クラレンスの作った夕飯を四人で食べるという奇妙な時間を過ごした。野菜が沢山入っており、子供が本当にこんなものを食べるのかと疑ったものの、杞憂に終わった。

「すごい！　おほしさまのかたち！　こっちはおさかなさん！　うさぎさんもいる！」

「ちゃんと全部食ってやらないと可哀想だからな、しっかり食えよ」

「はあい」

ジゼルの分だけ、野菜が生き物などの可愛らしい形になっていたのだ。嬉しそうに眺めては、口の中へ入れていく。クラレンスの細かな気遣いに、ユーインもかなり驚いているようだった。

そして食後には、デザートまでしっかりと用意されていた。正直、最初から最後までかなり満足のいく味だったように思う。ユーインもジゼルも、同じ気持ちだったらしい。

「とってもおいしかった！　ありがとう、クレレレンス」

「おい〝レ〟がまたひとつ増えてるぞ」

「いやあ、私も驚きました。料理が趣味だという噂は聞いていたのですが、これほどとは。クラレンスと結婚すれば、毎日が幸せそうです」

そんなユーインの言葉に、ジゼルの顔はぱあっと明るくなった。

「わたし、クレレンスのおよめさんになる！」

「な、何を言って……！」

「ガキ相手に照れんな、殺すぞ」

「ち、違います！　照れてなど、」

「おやおや、修羅場ですか」

　顔を赤らめたクラレンスの頭を引《ひ》っ叩《ぱた》くと、またもやジゼルに咎《とが》められた。

「……なあ、こいつ、戻った時に記憶とかあんの？」

「ないと思いますよ」

「へえ」

「ああ、ジゼルさんが元に戻った後にも、クラレンスが好きだとか結婚したいだなんて感情が残ってしまっては、困りますもんね。可愛いですね、エルヴィス」

「うるさい、勘違いすんなバカ」

　それからすぐに、俺の隣に座っていたジゼルが眠たそうにしていることに気がついた。時計へと視線を向ければ、確かに子供は寝ていそうな時間帯ではある。

「これくらいの年齢ならば、もう寝る時間でしょう。明日の朝の分の食事も作っておいたので、良かったら持ち帰ってください」

「お前、なんかすごいな」

　よほど眠いのか時折半目になり、船を漕いでいるジゼルを抱き上げる。そしてユーインにジゼルを部屋まで送るよう言えば、軽蔑するような視線を向けられた。

「子供を一人で寝かせるなんて、絶対にいけませんからね」

「は？　一人で寝ることもできねぇのかよ」

「当たり前でしょう。エルヴィスが嫌なら、クラレンスにでも頼みますが」

「……わかったから、黙れアホ」

「それはよかったです」

本当に、何から何まで手のかかる面倒な生き物だと思う。無事に大人になることが、まるで奇跡だと思えるくらいに。

美味かったと一言伝えれば「俺は今日の日のために、練習を重ねてきたのかもしれない」とクラレンスは涙ぐみ始め、俺は話の途中でユーインに転移魔法を使わせると、部屋へと戻ったのだった。

◇◇◇

「おい、まだ寝んな。目、開けろ」

「ふぁい」

結局、眠すぎるあまり笑えるような顔をしているジゼルの顔を洗ってやり、歯まで磨いてやってしまった。どうして俺が、こんなことをしなければならないのだろうか。

「える、ありがと」

「ん」

やがて仕方なく二人で布団へと入り、並んで横になる。

「おやすみ、なさい……ふああ」

ジゼルは大きな欠伸をし、目を閉じると一瞬で眠りについた。その寝顔にも、面影がある。

気持ちよさそうに眠っているその頬を、そっと指で押してみる。驚くほど柔らかく、触り心地が良い。つい何度も繰り返していると「んむう」なんて声が小さな口から漏れた。

二度と子供の世話なんてしたくないし、ひどく疲れた一日だった。

「へへ、える……」

それでも不思議と、腹のあたりにしがみついているこいつを、引き剝がす気にはなれなかった。

◇◇◇

翌朝。悲鳴にも似たジゼルの大声で、俺は目を覚ました。

「えっ、なんでわたし、エルと寝てるんだっけ？　ユーインさんの所に行ってから……あれ？」

「……うるさ」

どうやら無事に、元に戻れたらしい。カーテンの隙間から差し込む光が眩しく、俺はジゼルごと布団の中に潜り込んだ。

「エル？」

「やっぱ、こっちの方がいい」

「…………？」

夏用の薄めの素材のせいで、布団の中にいても目の前のジゼルの顔はよく見える。戸惑ったような表情も、なんだかいつもより可愛く見えた。

「お前、俺のことどう思ってる？」

「えっ、す、好きだけど」

「へえ？　好きって言う時は、どうするんだっけな」

自身の頬を指差してそう言えば、みるみるうちにその顔は赤くなっていく。

「な、なんで知ってるの」

「さあ」

早くしろよ、とからかうと、ジゼルは顔を真っ赤にして布団から飛び出した。捲《めく》れた布団の隙間からは「訳わかんないことばっかり……」と頭を抱えている姿が見えて、思わず笑ってしまう。

「それにしても腹減ったな。あ、クラレンスの作った飯、あるんだった」

「クラレンスの、作ったご飯……？」

余計に訳がわからないといった表情を浮かべるジゼルに、テーブルの上にあるカゴを取るよう言えば、すぐに取りに向かって。中に入っていたパンにジャムを塗るよう言えば「仕方ないなあ」なんて言いながらも、しっかりと言う通りにしている。

「はい、できたよ。起きて食べよう」

「ん」

「あ、言い忘れてた。おはよう、エル」

こいつの、こういうところは素直に可愛いと思う。

布団を剝がされ、腕を引かれて起き上がる。昨日のことは、何も言わないでおこうと思う。決して、クラレンスの株が上がらないようにするためではない。

「……やっぱり俺は、世話を焼くより焼かれる方が向いてるよな」

「何か言った？」

「別に」

俺は小さく口角を上げると、目の前の柔らかな金髪をくしゃりと撫でたのだった。

終わらないワルツを

「ジゼル、大丈夫ですか？」

「……大丈夫じゃ、ないかも」

ある日の放課後。ひたすらに本を読み続けていたわたしに、リネが心配そうに声をかけてくれた。

わたしは顔を上げ、図書室から借りてきた『初めてのダンスレッスン』という本をそっと閉じると、深い溜め息を吐いた。

「二週間後にね、舞踏会に参加しなくちゃいけなくなったの……」

わたしに良くしてくれる、数少ない親戚に招待されてしまったのだ。

申し訳ないと思いつつ、ドレスや靴がないことを理由にお断りしようと思ったのだけれど。全てこちらで用意するから安心するよう、言われてしまった。

わたしは一度も、ダンスレッスンなんて受けたことがないというのに。あの両親が、わたしにそんな機会など与えるはずがない。そのくせ、親戚達の前では良い顔をしているのだ。

事実を言ったところで、家庭教師をつけたけれどわたしがサボっただとか覚えが悪かった、とでも言うに違いない。

「貴族の方々は、本当に大変ですね……」

「わたしなんて、貴族と言えるかすら怪しいけどね」

本当に、名ばかりも良いところだ。それに、こんな本を眺めているだけで踊れるようになるなんて、流石のわたしも思ってはいない。本当にどうしようかと、再び溜め息を吐いた時だった。

「何かお困りですか？」

「……クライド様」

「僕でよければ、力になりますよ」

すぐ側に、クライド様とクラレンスがいたのだ。彼の優しい言葉や笑顔に胸を打たれたわたしはつい、舞踏会が迫っているもののダンスをしたことがなくて困っているという、貴族令嬢にあるまじき相談をしてしまった。けれどクライド様は「そうだったんですね」と柔らかく微笑んだ。

「僕でよければ、お教えしましょうか？」

「えっ」

「幼い頃から、練習は重ねてきていますから」

王子である彼ならば、誰よりもハイレベルな指導を受けてきたに違いない。これ以上ないありがたい申し出に、恥を忍んで指導をお願いしようかと思っていた時だった。

「ジゼル」

「あれ、エル。戻ってきてたんだ」

昼休みになってすぐ、どこかへと姿を消した彼はいつの間にか戻ってきていたらしい。

「帰るぞ」

「少しだけ待ってて、これからクライド様に、」

「うるさい」

「ちょ、ちょっと、エル」

まだ話は終わっていないというのに、エルにぐいぐいと腕を引かれてしまい、わたしは「すみません、また……！」と必死に頭を下げると、そのまま教室を後にしたのだった。

◇◇◇

「クライド様、怒ってないよね？　本当に教えてくれるかな……？」

あの後、エルの部屋へと連れて来られたわたしは再び頭を抱えていた。せっかくクライド様が教えてくださると言ってくれていたのに、失礼な態度をとってしまったのだ。

「は、あいつとベタベタする気かよ」

「えっ？」

「王子も王子で、下心丸見えだし」

「ちょっと、失礼だよ！」

クライド様は間違いなく純粋なご厚意で言ってくださったというのに、なんて失礼なことを言うんだろうか。流石にきつく言ったものの、エルは「鈍感バカ」と鼻で笑っている。

「エルのせいで教えてもらえなくなったら、流石に怒るからね」

「へえ？　俺が教えてやろうと思ったのに」

「えっ？」

いつものように偉そうに足を組み、エルはそう言ってのけた。

「……エル、ダンスできるの？」

「まあな」

かなり昔に仕方なくやらされたことがある、とエルは言ったけれど。彼のかなり昔とは一体、いつのことなのだろうか。

「つーか最初から俺に言え、クソバカ。あんなやつを頼るな」

「クライド様を、あんなやつだなんて言わないの。でも、エル優しいね。嬉しい」

「勘違いすんな」

「とにかく、よろしくお願いします」

正直、エルが教えてくれるのならばありがたい。クライド様相手だと、失敗が続いてしまったり足を踏んだりしてしまっては、間違いなく寿命が縮まってしまう。明日、彼には今日話の途中で帰ってしまったお詫びと、やはり教えて頂かなくても大丈夫だということを伝えなければ。

そして明日の放課後から早速、空き教室で練習することになったのだった。

◇◇◇

「とりあえず、基本のステップを覚えろ」

「ほ、本当に先生っぽい」

「ふざけてんのか」

エルはわたしを軽く睨んだ後、そっと手を差し出してくれた。普段のエルからは想像もつかないくらいに自然で、とても優雅で。その整いすぎた容姿とも相俟《あいま》って、まるで王子様のようだ。

少しだけ緊張しながらその手を取れば、そのまま手を引かれ自然と身体が近づいていく。思わずドキドキしてしまったわたしを見て、エルは形の良い唇で弧を描いた。

「何、その顔」

「なんかエルが、大人な感じだから」

「俺はいつだって大人だろ」

思わず「えっ」という声を漏らしてしまいそうになったのを、なんとか堪えた。笑えない冗談だ。

「……ま、思ったよりはマシだな」

「本当？　良かった」

「お前、音痴だし運動神経は悪いし、もっと酷いと思ってた」

「ひ、ひどい……」

エルに教えてもらいながら必死にステップを覚え、踏んでいく。彼の教え方は、思っていた以上にわかりやすい。魔法の指導も、これくらい丁寧で安全だったらいいのにと思ってしまう。

そしてそれから、エルは文句を言いつつも何度も練習に付き合ってくれたのだった。


「……ま、こんなもんでいいだろ」

「本当にありがとう！　エルのお蔭で、なんとかなる気がしてきた……！」

舞踏会の二日前、わたし達は空き教室で最後の練習をしていた。エルの指導のお蔭で、なんとか形になった気がする。

「こちら、本日の指導料です」

「ん」

「このクルミのクッキー、すっごく美味しいらしいよ」

「ふーん」

ちなみに指導料として、毎回エルの好きそうなお菓子を納めている。けれど間違いなく、こんなお菓子では割に合わないくらい、彼は練習に付き合ってくれていた。好きだ。

「ほら、帰るぞ。腹減った」

そう言って、軽く伸びをして教室の出入り口へと向かうエルの腕を、慌てて掴む。

「あの、最後にもう一曲だけ、踊ってくれない？」

「別にもう、練習はいらないだろ」

「……わたしね、エルと踊るのがすごく楽しかったの。きっとこれが最後になるし、もう一曲だけ踊れたらなあ、と思って」

散々練習に付き合わせたのだ、わがままで迷惑なお願いだという自覚はある。エルからすれば、ド下手なわたし相手では、踊りづらい上につまらないだろうけど。

それでも、最後だと思うともう一曲だけエルと踊りたいと思ってしまったのだ。

明日エルの大好きなケーキを買ってくるから、と必死にお願いをすれば、やがて彼は首を縦に振ってくれた。

「ま、そこまで言うなら仕方ねえな」

エルは満更でもない様子でそう言うと、わたしが一番好きな曲をかけてくれた。

「ありがとう、大好き」

「知ってる」

「あのね、踊ってる時のエル、すっごく格好いいんだよ」

「俺はいつでも格好いいけど？」

「ふふ、そうだね」

音楽に合わせてステップを踏みながら、彼とこうしてたわい無い会話をするのが大好きだった。

「いいか、同じやつと何度も踊るなよ」

「なんで？」

「そういうもんなんだよ。最低限踊ったらさっさと抜けて、端っこで飯でも食ってろ」

「うん、わかった」

絶対だからな、と何度も念を押された。どうやら重要なルールらしい。

「……エルと一緒に行けたら良かったのにな」

制服ではなくお互いに着飾って、空き教室ではなく煌《きら》びやかなホールで踊れたら、どんなに素敵だろうか。そんな想像をするだけで、胸が高鳴る。

エルはそんなわたしをじっと見つめた後、口を開いた。

「俺は元々、ああいう場は嫌いなんだ」

「うん」

エルが人の多い場所を嫌っていることは知っていたものの、まるで社交の場に出たことがあるような口ぶりに、首を傾げる。彼は「でも」と続けた。

「お前となら、一回くらい行ってやってもいい」

けれど予想もしていなかった彼の言葉に、そんな疑問も一瞬にして吹き飛んでいた。思わず動揺し、思い切りエルの足を踏んでしまったくらいだ。

「ご、ごめん！　あまりにも嬉しくて……」

「バカ」

「わたし、もっと練習しておくからね！」

「別に、そのままでいい」

「えっ？」

格好いいエルに釣り合うために、上手に踊れるようになりたいと思ったのに。

「俺にしか相手出来ないくらい下手な方が、都合がいい」

「…………？」

その言葉の意味はわからなかったけれど。これが最後では無くなったことに胸を弾ませながら、曲が終わると同時に、わたしはエルの胸に飛び込んだのだった。

あとがき

　こんにちは、初めまして。琴子と申します。この度は『家から逃げ出したい私が、うっかり憧れの大魔法使い様を買ってしまったら』をお手に取っていただき、誠にありがとうございます。

　いきなりですが、私はとにかく溺愛もののお話が好きです。

　そのため、ヒーローが最初からヒロインが大好きというスタートダッシュ型で、とにかくヒロインに甘い、というお話ばかりを書いておりました。そして大体がヤンデレで、愛が重すぎるのが特徴だったと思います。

　そんな中でふと、いつもとは違うヒーローを書きたい、他人なんてどうでもいい、口も態度も悪いヒーローがヒロインに絆《ほだ》されていくようなお話を書きたいと思い、生まれたのがエルでした。

　ご存じの通り、序盤の小さなエルはジゼルに対して暴言を吐き、冷たい態度をとり、泥に突っ込むのを見過ごしたりと、やりたい放題でした。正直、過去の私の作品を読んでくださっていた読者の皆様は、ヒーローが成長し改心するまで読んでくださるだろうか……という不安を常に抱えながら、執筆しておりました。いや本当にめちゃくちゃ不安でした。

そこで書いたのが、プロローグ部分です。いずれはこうなるから、どうかこのシーンを回収するまで読んでくださいお願いします……！　という気持ちを込めました。

結果、こちらのプロローグは好評で、読者の皆様がエルのデレが出てくるまで読み続けてくださり、応援してくださったおかげで、こうして書籍化・コミカライズという素敵な機会までいただくことができました。本当にありがとうございます。

まっすぐなジゼルは、私自身とても可愛くて仕方ない子です。何に対しても一生懸命で、大切な人に「大好き」と、いつもまっすぐに伝えられる彼女が時々羨ましくなります。

そんな二人や、クライド、ユーイン、クラレンスといったキャラクター達を魅力的に、そして私が思い描いていた以上の素晴らしい姿で形にしてくださったＴＣＢ先生には、本当に感謝してもしきれません。細かいところまでこだわってくださり、普通に泣いたレベルで感動しました。

とにかくジゼルが可愛い。エルが格好いい。語彙力を失うくらい最高です。一人のヒーローに対して、子供、少年（長髪・短髪）、大人という４パターンのデザインをしていただき、こんなに贅沢をしていいのかと思いつつ、この設定を考えた過去の自分まで褒めました。とても幸せです。

ＴＣＢ先生、本当に本当にありがとうございます……！

そして、ここまで一緒に「家逃げ」を作り上げてくださった担当様にも、この場を借りてお礼申し上げます。キャラクター達を深く理解してくださり、大切にしてくださり、本当に幸せです。沢山褒めていただけたお蔭で、自信を持って書き続けることができました。

本作の制作・販売に携わってくださった全ての方々にも、感謝申し上げます。

本作はコミカライズ企画も進行中ですので、ぜひ一緒に楽しみにしていただけると嬉しいです。びっくりするほど素敵な作品になると思います！

最後になりますが、ここまで読んでいただきありがとうございました。まだまだ、エルとジゼルのお話は続いていきます。今後とも、二人を見守っていただけると幸いです。

また、ファンレターを頂けると、とても励みになります……！

それでは、二巻でお会いできることを祈って。

マンガUP!
毎日更新
名作&新作100タイトル超×基本無料=最強マンガアプリ!!
GC UP! 毎月7日発売
失格紋の最強賢者
～世界最強の賢者が更に強くなるために転生しました～
原作:進行諸島(GAノベル/SBクリエイティブ刊) 漫画:肝匠&馮昊(Friendly Land)
キャラクター原案:風花風花
転生賢者の異世界ライフ
～第二の職業を得て、世界最強になりました～
原作:進行諸島(GAノベル/SBクリエイティブ刊) 漫画:彭傑(Friendly Land)
キャラクター原案:風花風花
魔王学院の不適合者
～史上最強の魔王の始祖、転生して子孫たちの学校へ通う～
原作:秋 漫画:かやはるか
キャラクター原案:しずまよしのり
神達に拾われた男
原作:Roy 漫画:蘭々
キャラクター原案:りりんら
異世界賢者の転生無双
～ゲームの知識で異世界最強～
原作:進行諸島(GAノベル/SBクリエイティブ刊) 作画:三十三十
キャラクター原案:柴乃櫂人
ここは俺に任せて先に行けと言ってから10年がたったら伝説になっていた。
原作:えぞぎんぎつね(GAノベル/SBクリエイティブ刊)
作画:阿倍野ちゃこ
ネーム構成:天王寺きつね
キャラクター原案:DeeCHA
勇者パーティーを追放されたビーストテイマー、最強種の猫耳少女と出会う
原作:深山鈴 漫画:茂村モト
https://sqex.to/mup
※一部アプリ内課金あり
●「攻略本」を駆使する最強の魔法使い ～<命令させろ>とは言わせない俺流魔王討伐最善ルート～
●おっさん冒険者ケインの善行
●二度転生した少年はSランク冒険者として平穏に過ごす ～前世が賢者で英雄だったボクは来世では地味に生きる～
●最強タンクの迷宮攻略～体力9999のレアスキル持ちタンク、勇者パーティーを追放される～
●冒険者ライセンスを剥奪されたおっさんだけど、愛娘ができたのでのんびり人生を謳歌する
●落第賢者の学院無双 ～二度目の転生、Sランクチート魔術師冒険録～
©Roy ©Shinkoshoto/SB Creative Corp.
©Suzu Miyama ©Ezogingitune/SB Creative Corp.
©SHU 2021
Licensed by KADOKAWA CORPORATION

SQEXノベル

家から逃げ出したい私が、うっかり憧れの大魔法使い様を買ってしまったら 1

著者
琴子

イラストレーター
TCB

2021年7月7日　初版発行

発行人
松浦克義

発行所
株式会社スクウェア・エニックス
〒160−8430
東京都新宿区新宿6−27−30　新宿イーストサイドスクエア
（お問い合わせ）スクウェア・エニックス　サポートセンター
https://sqex.to/PUB

印刷所
中央精版印刷株式会社

担当編集
大友摩希子

装幀
小沼早苗（Gibbon）

ISBN978-4-7575-7364-2　C0093　　Printed in Japan